妻を看取る

89歳の介護力

青木 羊耳
Aoki Yohji

文芸社

はじめに

妻は私より五歳も年下だ。だから、妻が先に逝くとは考えてもいなかった。妻がいない人生は考えられない。というか、私は今、大いに戸惑っている。

社会人となって就職したとたん、私は妻となる女性と出会った。彼女は私と出会ってから二年足らずで専業主婦となり、日々私を「行ってらっしゃい」と仕事に送り出し、「お帰りなさい」と迎えてくれた。やがて子どもが生まれ、子どもが二人になり、子どもが結婚して家を離れ、夫婦二人の暮らしに戻った。

仕事が思うようにいかないときは、さりげなく私を慰め、さりげなく励ましてくれた。体調が優れないときは、気づかってくれ、労わってくれた。

まるで空気のように、妻がいて当たり前だった。妻がいない生活は考えられなかった。酸いも甘いも、喜びも悲しみも、陰に陽に、二人で共有し、相談し合い、助け合ってきた六十四年間だった。

妻が先立ち、私は一人になった。一人暮らしに〝家庭〟はない。夫婦で暮らしてこその家庭の温かみだ。私は家庭を失った。生まれて初めての一人暮らしになった。

私は話し相手を失い、私を愛してくれる人を失った。他人に言えない愚痴、誰にも言えない泣き言を、安心して話せる人、黙って聞いてくれる人を失った。妻もそうだ。他人に言えない愚痴、他人に聞かれたくない泣き言を、私に話した。

私のような家庭ありきの人生を送ってきた人間が、家庭を失ったときの気分をどのように説明したらわかってもらえるだろうか。

家庭は〝ホーム〟だ。その家庭を失えば〝ホームレス〟だろうか。今、私は〝心のホームレス〟だ。

妻の体調に異変を感じ始めてから、あっという間の八ヵ月だった。まさに坂道を転げ落ちるように、妻の容体は急速に悪化していった。私は無我夢中だった。

八十九歳の私が、八十四歳の妻を看病し、介助する。病名がわからずに、暗闇を手探りで進むような介護……。そして看取り……。

妻を思い、妻と会話し、妻との日々を再体験したくなり、今、こうして筆をとった。

妻を看取る◆目次

一、妻の滑舌が気になり始める

鼻が悪いかも

二〇二〇年五月七日、妻が亡くなった。八十四歳だった。「急逝」という言葉がぴったりなほど、あっという間の出来事だった。亡くなる一年前は、死の影どころか病の気配すらなく、元気そのものだった。

一年前の五月四日には、娘と三人で浅草に行き、「大黒屋天麩羅」で天丼を食べた。翌五月五日には、妻が急に「行ってみたい」と言い出して、妻の実家があった神田界隈を散策し、神田明神にお参りもした。

五月十五日からは、何度目かの京都に二人で行った。

「転勤で京都に四年も住めて良かったわね。でも、今は外国人ばかりね」

などと言いながら三条通りの「イノダコーヒー本店」で往時を懐かしみ、すき焼きの「三嶋亭」で舌鼓を打った。一年後にはこの世にいないなんて、思いもしなかった。

そんな元気だった妻が、二〇一九年七月の参院選の期日前投票に行くために、一緒に区役所まで歩いたときに、二十分ばかりの道のりなのに、いつになく足の疲れを訴え、

「もう来年は、ここまで歩いてこれないかも知れない」

と弱音を吐いた。そのため、投票のあと、タクシーを拾って帰宅した。

八月下旬頃からは、妻の滑舌が気になるようになった。同じマンションの別階に住む娘もそれに気づいていたようで、

「お母さん、どうしたの？　この頃ちょっと発音が変みたいよ。ねえ、お父さん」

と私に同意を求めたりした。

妻自身もひそかに気にかけていたらしく、

「やっぱり気になる？　どうしたんでしょうね……」

と素直に認め、

「ひょっとしたら鼻のせいかと思ってるの」

と浮かぬ表情を見せた。

近くのドラッグストアに立ち寄るたびに、妻は点鼻薬が置いてある棚をのぞいては、

「これ、どうかしら」

と言って買い求めていた。

妻は長年、長唄のお稽古を続けてきた。人間国宝を母親に持つ師匠は名門の出だ。そん

な師匠から、「あなたは良い声してるねえ。ご両親に感謝しなければいけないよ」と、たびたび言われていた。そんな妻だから、同門のお弟子さんの中では、声には自信があったはずだ（表紙の地模様は、お気に入りの長唄「時致」の唄本）。

その自信に影が差し始めたのだ。それは妻にとって大問題だったに違いない。人知れず思い悩み、あれこれ買っては試していたのだろう、薬箱の中に遺された点鼻薬の数の多さを見るにつけ、妻の孤独な焦りの大きさが思われる。


九月に入り、耳鼻咽喉科に診てもらうようになった。私の日記には、九月二日、九月十一日、九月十七日と立て続けに、妻の受診に付き添った記載がある。

九月二日（月）　このところ（二、三ヵ月前から）、鼻声というか、あめ玉を口に入れたまま話しているような、曖昧な発声が目立つようになった妻が気がかりだ。今日、K病院で鼻を診てもらうというので同行する。

九月十一日（水）　妻に同行して、午前、A耳鼻科クリニックを受診する。女医さんに脳外科受診を勧められる。その足でK病院の脳外科を受診した。CT検査の結果は異常なし。MRI検査を予約する。

九月十七日（火）　ＫＭＲＩを受ける日。病院に着くや、妻がＭＲＩの予約を急遽キャンセルして耳鼻咽喉科をもう一度受診したいと言う。結果、前回と同じ医師に当たり、嫌な顔をされて、「歳のせいだ。発声練習しなさい」と言われてしまった。

オーラルフレイル

「そうかあ、鼻かあ。いい薬が見つかるといいねえ」

と、私は敢えて軽い調子で応じながら、しかし妻とは別の心配をしていた。本当に鼻だけなのか……？

このところ、長唄のお稽古が途絶えている。それは、妻の師匠が離れたところに転居してしまったためであるが、行かなくなってからは、まともに声を出していない。喉も舌も呼吸も衰えているんじゃないか？　そんな気がしていた。私の脳裏には「オーラルフレイル」という言葉が浮かんでいた。

「フレイル」とは、高齢者の健康状態を表す用語で、「虚弱」とか「衰え」「劣化」という意味だ。健康状態にある高齢者は突然、要介護状態になるのではなく、徐々になっていく。この「徐々になる」段階がフレイルだ。健康状態とは言い切れないが、要介護とも言えない途中経過の状態のことだ。

それも、身体全体が満遍なくフレイルになるとは限らず、なりやすい器官からなるらしい。「歳は足からとる」と言われるように、足腰からもなる。モノの本によると、「歳は口からとる」とも言われているように口や喉からもなる。

歳をとって口腔機能が弱り始めることを「オーラルフレイル」という。「オーラル」は「口腔の」という意味で、鼻だけでなく舌も歯も喉も含む概念だ。そして、このオーラルがフレイルになるのを日頃から予防したり、フレイルになるのを遅らせることが必要だという。

識者によると、フレイルになる前に「プレフレイル」という段階を設定する考え方がある。その分類に従えば、ヒトの健康状態の劣化は、①健康状態、②プレフレイル、③フレイル、④要介護状態、そして⑤死、と五段階に分けて進むと考えられる。

フレイルとプレフレイルの違いはこうだ。生活態度を改め、リハビリを強化することによって、再び健康状態を取り戻す可能性が高い段階がプレフレイル。生活態度を改めても、リハビリを強化しても、元の健康状態に戻れる可能性が低い段階がフレイルだ。

妻の場合、すでにプレフレイルの段階にさしかかっている。このままフレイル段階に突入させないためには、一刻も早くオーラル・リハビリテーションが必要だ。うかうかしていられない。急がなければ！　私はそう思った。

妻自身はまだ、鼻に何か支障があるせいだと思い込んでいる。私は、鼻というよりは妻の呼気が気になっていた。吸う息はまだしも、吐く息が弱い気がしていた。長唄は腹式呼吸だ。短く吸って長く吐く。しかし、このところ長唄の練習が途絶えている。

気になるのは呼気だけではない。喉もだ。飲食のときにむせるようになった。ゴックンと飲み込む動作がスムーズでなくなり、しばしばむせ込んでいる。

こんなふうに書くと、私が妻の不調を気にして憂鬱な毎日を送ってばかりいたように思えるかも知れないが、必ずしもそうではない。私の日記には、

九月十四日（土）　自分が留守にしていたお昼頃、神社（お三の宮）のお祭りのお神輿が家の近くまで来たので写真を撮ったと妻は嬉しそう。

とあり、妻の家計簿のメモ欄には、

九月二十四日（火）　二人で浅草に行き、「今半」にて昼食。浅草寺をお参り。

とある。東京神田育ちの妻はお祭りが大好き。お神輿だお囃子だと聞くと、じっとしていられない性格だし、神田明神の参詣と浅草寺のお参りは、神田っ子の妻がとりわけ大切にしていた行事だ。

それでも不安はぬぐえず、私は日記に

九月二十六日（木）　妻の声のもつれ、滑舌が気になる。

と書いた翌日の九月二十七日には、妻の長年の主治医のI内科クリニックのI先生に泣き込んで、滑舌の専門医に紹介状をお願いしたのだった。

長年の主治医に紹介状を依頼

九月二十七日、私は妻を伴って、二十年来の主治医であるI内科クリニックのI先生を訪ねた。いつも待合室までは同行していたが、一緒に診察室に入るのは初めてだ。妻に付き添って診察室へ入るなり、I先生は妻を見て驚いたようにこうおっしゃった。

「どうしちゃったんですか、いつもの青木さんじゃないみたい。このところ口数も少ないし、話し方もいつもと違うように感じていましたが、今回は声も出にくいようだし、表情も乏しいし、全然いつもの青木さんらしくありませんねえ……」

I先生は、日常の妻の性格から立ち居振る舞いまでを知り尽くしてくれている。

「青木さんとは長いお付き合いで、いつも青木さんがお見えになると、診察は後回しにして、旅行や長唄の快活なお喋りが楽しかったのに」

と、いかにも残念そうだ。

そう訊かれても、妻には今の体調を説明するだけの声の力がもうない。

私は先生に、妻の舌のもつれ、滑舌の悪さが気になって、K病院の耳鼻咽喉科や脳外科、町医者を受診したが、いずれも異常なしと言われ、原因がわからないこと。それにもかかわらず妻の状態悪化は刻々と進行しているので、早く言語聴覚士（ＳＴ）のリハビリを受けたいと思っているが、病名がわからず決め手を欠いて困っていること。そのような窮状を妻に代わって訴えた。

「どこかしっかりしたところで、詳しい検査をしてもらいましょうね。ご希望の病院がありますか？」

と先生が言う。

「どこでもいいのですが、今、私が定期的にK病院に通っているので、思いつくところと言えばそこぐらいですが……」

「では、そうしましょう。すでにK病院の耳鼻咽喉科と脳外科には行かれたようですが、脳神経内科の受診はまだですよね」

先生はそう言って紹介状を書いてくださった。

I先生は循環器が専門だ。こんな症状について紹介状をお願いしてはご迷惑じゃないかと勝手に遠慮して、自分たちだけであちこち右往左往して無駄な時間を過ごし、妻の病状を進行させてしまった。こんなことならもっと早くにI先生に相談すればよかったと、私は反省した。

先生が書いてくださった紹介状（診療情報提供書）の内容はこうだ。


平素より大変お世話になっております。

当院では、心房細動、高血圧症、不眠症などにて拝察中の患者さんです。

陳旧性小脳梗塞は無症状です。

一ヵ月前から、舌のもつれ、滑舌の悪さ、食事のむせ込み、声が鼻声になった、等の症状が出現しました。

貴院耳鼻咽喉科、脳外科を受診されましたが、異常なしということでした。

本日、ご本人、ご家族よりご相談を受けました。

脳血管障害、変性疾患等の可能性はありますでしょうか?

ご多忙のところ誠に恐れ入りますが、よろしくご高診・ご教示のほどお願い申し上げます。

受診するも、異常は見つからず……

この紹介状を持って、私と妻は十月三日（木）にK病院の脳神経内科、T医師を受診した。

妻は当日の家計簿の備考欄に、こう記している。

I先生の紹介状を持って二人でK病院。十時三十分、内科初診（T先生）。次回は十月二十四日。

同じ日の私の日記には、こう書いてある。

妻に付き添って、K病院のT先生（脳神経内科）受診。手足の震え、眼の動きなどを診察のうえ、MRIとドーパミンの予約。

後日知ったことだが、当日持参したI先生の紹介状に対して、K病院の脳神経内科、T医師からは、次のような回答（診療情報提供書）が寄せられていた。

謹啓　先生には益々御清栄のこととお慶び申し上げます。
二〇一九年九月二十七日付で御紹介いただいた患者、青木〇〇様についてご報告いたします。
十月二十七日に頭部MRIと、ドーパミントランスポーター・シンチグラフィ検査を受けて、本日十一月十一日に再来されました。
結果は下記の通りで、新たな病巣の指摘はありませんでした。

小脳梗塞後遺症と加齢に加えて、三年前までやっていた長唄を、師匠の転居で(お稽古を)やめてしまったことで構音障害が目立つようになったのかもしれません。吹き戻し、吹き矢、長唄など、喉頭部の筋力を維持するような運動をするように指導しました。御紹介ありがとうございました。

敬白

受診した当日も、T医師から、

「長年やっていた長唄を急にやめたのも、声が出にくくなった原因の一つかも知れませんよ。できるだけ声を出したりすれば、リハビリになると思いますよ」

と言われた。私はそれを聞いて、妻の構音障害(詳しくは次項で説明)や嚥下困難は、オーラルフレイルが原因ではないかという自分の見立てを確信し、これまで以上に熱心に妻の「ベロ体操」や「パタカラ訓練」に励むようになった(「パタカラ訓練」とは、「パ」「タ」「カ」「ラ」とはっきりと発音することによって、唇や舌、喉などの筋肉トレーニングをする訓練)。

構音障害

言語障害とか発音障害という言葉は知っていたが、今回「オーラルフレイル」関連の本を読んで、「構音障害」という言葉を初めて知った。

「構音障害」とは、言葉を理解しているし、伝えたいこともハッキリしているのに、発音がうまくできない状態をいうそうだ。構音障害があると、話の内容が相手に伝わりにくいし、相手も話し手の発音に不自然さを感じたりする。その結果、コミュニケーションに支障をきたす。

私の日記には、次のような記録がある。

十月十二日（土）　台風の余波で、風雨が一段と激しくなったようだ。妻の滑舌がさらに一段と悪くなったように感じられ、心配で寝つかれない。

十月十六日（水）　妻が「なんでこんなに滑舌が悪くなったんだろう」とさかんに嘆く。やはりもどかしいのだろう。なるべく唄ったり声を出すよう勧めるが、思うに任せない。

そうこうしているうちに、妻の構音障害、嚥下障害の程度はどんどん低下していった。この頃の私の日記には、こんなことが書かれている。

十月三十一日（木）　妻と外出。カレー屋の「天馬」で昼食。妻は食べにくそう。妻の滑舌も嚥下力も徐々に弱っている気がして心配。本人は鼻が原因と言うけれど。

十一月二日（土）　娘が口腔体操、嚥下体操のアプリを見つけてきた。妻は「いいわね」とは言うものの、あまりやる気を示さない。もしかしたら、やりたくでもできないのかも知れない。あまり深刻になられても困るが、ある程度は真剣に取り組んでほしい。その兼ね合いが難しい。

十一月六日（水）　妻の滑舌は徐々に聞き取りにくくなる。夜、妻は錠剤を飲みそこなって、むせて苦しむ。

十一月十日（日）　妻の滑舌も嚥下障害も相変わらず改善しない。

妻は朝食後に薬を飲む。主治医に処方されている薬は、錠剤が数種類とカプセルを一個だ。これまでは全部まとめて口に放り込んで、水と一緒に何の苦もなく一気にゴックンと飲み込んでいた。

まだ笑えた、座れた、手を振れた
（2019年11月11日）

それが昨今では、錠剤を一錠ずつ口に含んでは用心しながら飲み込むようになり、やがてカプセルがうまく飲み込めなくなった。カプセルは一度では無理で、水を何度も飲み直しながら苦労して飲んでいた。

あるとき、キッチンの引き出しの奥にカプセルが数十個溜まっているのを見つけた。飲み込めないので、飲まずにコッソリ残しておいたのだろう。妻の孤独な困惑が痛々しかった。

そのうち錠剤もゴックンできなくなり、処方された錠剤を薬局で粉砕してもらって、粉末にして飲むようになった。カプセルも主治医にお願いして、飲みやすい粉末剤に変更していただいた。

二、病名を知りたくて

「パタカラ」を急げ！

私は妻の「オーラルフレイル」を疑い始めてから、その関連の書籍数冊を買い求め、急遽勉強した。それによると、前述のように「パタカラ訓練」や「ベロ体操」を始めると良いということだった。

パソコンで五十音表などのテキストを作り、一部を妻に持たせ、もう一部を自分が持って、向き合って座り、発声練習やベロ体操をくり返した。風船を膨らませたり、ピロピロ（昔ながらの玩具「吹き戻し」）を吹いたりもした。

しかし、こうした懸命な努力の甲斐もなく、妻の状態は改善するどころか、滑舌の悪化は予想以上のスピードで進行していった。こんなことをしていて、本当にプレフレイルから立ち戻れるのか？　果たして効果があるのか？　と、私自身、オーラルフレイル改善の確信がゆらぎ始め、イマイチ自信が持てなくなっていた。

気が進まない妻を宥めすかして、朝晩「パタカラ訓練」や「ベロ体操」をやるのだが、自信が持てないから迫力がない。そのため妻自身も、「こんなことで、本当に役に立つの？」

と、すでに口では言えなくなっていたが、そんな面持ちで半信半疑だった。私のやり方を一〇〇%信頼していないみたいなのだ。

妻は依然として、原因は鼻のせいだと思い込んでいて、点鼻薬をひんぱんに使っている。それだけでは不安らしく、医者にも行きたいと言う。

前述したが、九月二日にK病院の耳鼻咽喉科、九月十一日に街の耳鼻科クリニックを訪ねた。耳鼻科クリニックで脳外科受診を勧められたので、その日のうちにK病院の脳外科を受診した。しかし、どこを受診しても「特に所見はない」と言われ、手がかりが得られないまま事態は刻々と進行していった。

私は考えた。専門家を見つけよう。週に一回でいいから、ちゃんとした資格を持った言語聴覚士（ST）にオーラル・リハビリテーションをしていただこう。そうすれば私も確信が持てるし、一週間のうちのあとの六日間は、見様見真似で私がやればいい、と。

「STの先生に教わったとおりにやろうね」と言えば、妻も納得して今より真剣にやってくれるだろう。そのためには、まずSTを見つけることが先決だ。

（この考え方は後日、C病院のリハビリ科の女性医師に、「病名もわからないのにリハビリを続けてどうするの。病名が不明なうちは治療できませんよ」と言われ、頓挫してしまったが、この時点での私は、病名を知るための検査と、状態を改善するためのリハビリとは、並行したほうがいいのではないかという思いが強く、必死だったのだ）
思い余った私は、前述のように九月二十七日に、長年の主治医、I内科クリニックのI先生に泣き込んだのであった。

最後の同窓会

I先生の紹介状を持ってK病院へ行き、「異常なし」との検査結果を聞いた少しあとの十一月十三日、妻は高校の同級生Sちゃんから、同窓会のお誘いの電話を受けた。「参加してくれる?」という問いかけに、会話が不自由な不安より懐かしさが先に立ったようで、妻は前後の見境なく、受話器に向かって、うまく話せない声をふりしぼって「うん、うん」と承諾の相槌を打っていた。

旧友との気がねないおしゃべりが、妻の現状の打開に役立つかも知れないと、私も妻の出席を好ましく思い、当日会場まで同行する約束をした。

いよいよ当日、十一月二十六日、自宅のある横浜市からＪＲで御徒町駅まで行き、会場となる上野広小路の懐石料理屋「梅の花」に着くと、入り口で同級生二、三人と会った。妻の姿を認めると、「お久しぶり！」と懐かしそうに声をかけてくれた。妻も嬉々とした表情でそれに応えようとするが、発声が困難だ。「あ～」とも「う～」ともつかない声を出すばかりで、言葉にならない。

私は、先日電話をかけてきてくれたＳちゃん（と思しき人）を見つけて声をかけ、「実はカクカクシカジカで、言葉が不自由になっていますが、皆さんとお会いするのをとても楽しみにしていました。どうぞよろしくお願いしますね」と懇ろにお願いした。

Ｓちゃんは「そうなの⁉」と一瞬、驚いた様子を見せたが、

「わかりました。大丈夫、大丈夫。友だちですから」

と請け合ってくれた。

私は妻をＳちゃんに預け、妻には、

「帰りは皆さんと御徒町駅までご一緒して、ちゃんと横浜方面行の電車に乗って帰ってくるんだよ。いいね」

と言い置いて、その場を離れた。

夕刻、妻は無事にご満悦で帰ってきた。細かい報告を聞くことは言語不明瞭でできなかったが、八名が出席して、とにかく楽しかった、出席して良かったと、要所要所は筆談で伝えてくれた。遥々会場入り口までエスコートした甲斐があったと思った。

妻は家計簿のメモ欄に、こう書き残している。

十一月十三日（水） M高校のSちゃんからクラス会のお誘いのTEL。

十一月二十六日（火） Mクラス会、十一時、八名出席。上野広小路「梅の花」にて。

妻の高揚した筆跡から、嬉しさが伝わってくる。

脳神経内科を受診

それから三日後の十一月二十九日、私と妻は再びI内科クリニックを訪ね、K病院での検査結果を報告した。

「困りましたねえ。原因がわからなければ、この先、治療の方針が立たないし……」

I先生はそう言って絶句したあとで、こんな提案をされた。

「どうでしょうか。K病院と同じ検査になってしまうかもしれませんが、念のため別の病院で、もう一回検査をしてみませんか？」

妻の滑舌が悪くなり始め、あちこちの病院に行くようになってから、すでに二ヵ月以上が経過している。こうして時間を浪費している間も、妻の症状は予想以上の速さで進行しているので、私は先生の提案を藁にもすがる気持ちで応諾し、C病院の脳神経内科あての紹介状（診療情報提供書）を書いていただいた。その内容はこうだ。


平素より大変お世話になっております。

当院では、心房細動　高血圧症　不眠症などにて拝察中の患者さんです。

陳旧性小脳梗塞は無症状です。

八月下旬から、舌のもつれ、滑舌の悪さ、食事のむせ込み、声が鼻声になった等の症状が出現し、K病院の耳鼻咽喉科、脳外科に受診されましたが異常なしということでした。

当院よりK病院神経内科にご紹介しましたが、小脳梗塞後遺症と構音障害と診断され、咽頭部のリハビリをということでした。

しかし、症状は徐々に進行しており、患者さん、ご主人様としても今までとの変化が大きく、「フレイル」という感じがしないというお話ですし、二十年近く拝察している当院としても同様に感じております。

脳血管障害、変性疾患等の可能性はありますでしょうか?

ご多忙のところ誠に恐れ入りますが、よろしくご高診・ご教示の程お願い申し上げます。


すでに妻の滑舌は、かなり聞き取りにくくなっていた。十一月初旬になると、服用している錠剤をうまく飲み込めず、むせて苦しむことがたびたびだった。

滑舌が悪くなるにしたがって、ご近所の人との立ち話や、買い物をする店の人とのやりとりができなくなっていき、私がそばにいて「通訳」しなければならなくなっていった。

十二月五日、I先生の紹介状を持って、私は妻と一緒にC病院を訪ね、脳神経内科のC医師の診察を受け、「しばらく通ってみてください」と言われて、通院を始めた。

妻、八十四歳の誕生日

二〇一九年十二月二十二日、妻は満八十四歳の誕生日を迎えた。

妻の誕生日には、浅草ビューホテルに泊まって、浅草寺で健康祈願をして、美味しいものを食べるのが、私と妻の例年の行事だった。しかし今回に限っては、嚥下障害と構音障害を抱えている妻を思い、どうしようかと迷った。ホテルはすでに半年前に予約してあるが、キャンセルしようかとも考えた。

だが、妻が「行きたい」と言うので決行した。結果として、これが妻にとって最後の浅草行きになった。決行して良かった。この日の日記に、私はこう記してある。

十二月二十二日（日・冬至）　妻八十四歳の誕生日。妻と恒例の浅草行き。遅いお昼を「今半」で。お祝いのワインを妻は飲めない。どうにかして飲もうとシュガーをどっさり入れるが、やはりダメ。妻の分も小生が飲む羽目に。妻の嚥下難だけは治したい。

浅草ビューホテルにチェックイン後、浅草寺に参詣して〝健康祈願〟。

84 歳のバースデーは浅草〈今半〉での恒例ランチ
（2019 年 12 月 22 日）

妻も当日の家計簿のメモ欄に、

浅草寺におまいり。浅草ビューホテルに泊まる。

と書いているが、実はそのホテルで妻からサプライズを受けた。妻が、「あなたのおかげでバースデー　楽しい浅草行きができてうれしかった。ありがとうございました」と書いたメモを私に渡してくれたのだ。もう自分の思いをうまく言葉で表現できなくなっていた妻の、精一杯の行動表現だった。このメモは今の私の宝物だ。

妻の嚥下能力と構音能力は、いよいよ最悪の状態に落ちていった。私はこの頃の日記に、こんなことを書いている。

十二月二十四日（火）　妻に付き添ってC病院に行く。十時三十分に耳鼻科で咽喉まわりの嚥下状況の確認（所見なし）。次いで十一時三十分の予約の脳神経内科で（待たされて十二時過ぎに）、MRIの検査結果の説明（所見なし）。一月八日に呼吸の検査をする予定を決め、終えたのが十四時。（妻の家計簿メモ欄：C病院受診、二度目）

十二月二十六日（木）　妻の嚥下力低下は、「トロミ」で喉の詰まりを回避するしかない。

十二月三十日（月）　妻とはもっぱら筆談になってしまった。

十二月三十一日（火）　コンビニの「ざるそば」で年越し。妻は嚥下の関係で「グラタン」にしてみたが悪戦苦闘。午後、妻と二人で伊勢佐木町まで行ってみる。帰路、妻が腰と膝の痛みを訴える。夕刻、娘が来て三人で大晦日を過ごす。

今にして思えば、嚥下能力と構音能力だけでなく、手足から頬、顎の筋力もどんどん落ちていたのだ。妻はキャリーバッグを杖代わりにしているが、近くの伊勢佐木町までの歩行にも難渋するようになっていた。

毎年元旦は、Ｆ市に住む息子の家で、息子手づくりのおせち料理で新年を祝うのがわが家の習慣だった。

一月一日（水）　娘が迎えに来て、十時に出発するはずが十時半になる。妻の立ち居がどんどん緩慢になるのが切ない。心して妻の歩幅に合わせて歩く一年にしたい。一つ手前の駅で下車し、息子の妻のお迎えの車で息子宅へ。お雑煮を食べられないお正月。

妻は、すでにお餅は無理だったが、きんとんを口の中で溶かすようにして、やっと食べた。お祝いのワインは飲むというよりもなめるようにしてなんとか味わった。

三、地域包括ケアを求めて

介護予防の矛盾

せっかく病院を紹介してもらっても、新たな病院や科を受診するたびに、「次の診察は、○週間先の○日の○時」と言われる。しかし、「そんなにゆっくり、のんびりしてはいられないんだけどなあ……」と不満よりは怖いというのが私の本音だった。

私は焦っていた。気が急いていた。原因（病名）を知るためには病院に通うことも必要なのだろうが、それと並行して、いや、むしろそれに先立って、リハビリによる状況改善を急ぎたかった。

急遽買い集めた書籍類を頼りに、自己流で懸命に「パタカラ訓練」や「ベロ体操」を妻とやっていたが、この自己流のリハビリに、妻が納得してやる気になってくれるようなお墨付きが欲しかったのだ。

そう思った私は、横浜市内、さらには神奈川県内の病院や施設をインターネットで探し、これはと思うところを見つけては次々に電話した。どこに電話しても親切に応対はしてくれたが、いざ見学を申し込む段階になると、どの施設でも言われることは、「介護認定を受けていますか?」だった。

「介護認定を受けていなければダメなんでしょうか? 有料でもいいのですが、自費でもダメでしょうか?」

とお願いしても、

「介護認定を受けていなければダメです」

と一方的に断られてしまう。

私は不満だった。横浜市のチラシにも、「元気なうちから介護予防」と謳われているではないか。「介護予防とは、元気な人が介護が必要な状態にならないようにすることです」と見出しに書いてあるではないか。

介護が必要になった人が、できるだけ機能を維持・改善する取り組みも大切だが、認定を受ける以前から予防の努力をすることは、もっと大切だ。「予防に勝る治療はない」というではないか。

「介護予防」というのは、「介護が必要にならないうちに」という意味のはずだ。だから私は、妻がプレフレイルからフレイルに進行しないうちに、と必死になって電話をかけているのに、どこに電話しても「介護認定を受けてから」なら受け入れるという。フレイルになってからでは後戻りができない。これは矛盾していないか?

発症してからでは手遅れだ。発症させないこと、進行させないこと、予防が大切と謳いながら、介護認定を受けていることが先決だという。介護認定を受ける程度にまで機能を落としてからでないと、施設を利用できないというのは、明らかに矛盾している。

地域包括支援センターを訪ねる

背に腹は代えられない。まず介護認定を受けるしかないと観念した。

「地域包括支援センター」は、高齢者のための「よろず相談所」のような性格を持っていると聞いていた。要介護認定の申請や、介護サービスの手続き、介護サービスの事業所の紹介など、介護サービスに関する最初の窓口としての機能を持つという。ところで、その「地域包括支援センター」はどこにあるのだろう?

暮れも押しつまった二〇一九年十二月二十七日、私は自宅近くの「F町地域ケアプラザ」に行ってみた。マンション管理組合の理事会の会場にときどき借りたことがある建物で、もしかしてここではないかと思ったのだ。改めて入り口の文字を見たが「地域包括支援センター」とは書いてない。恐る恐る声をかけて訊ねた。

「ここは地域包括支援センターでしょうか？」

たまたま出てきてくれたのが、副所長のF氏だった。

「どのようなご用ですか？」

と聞かれ、「実は……」と用件を話すと、

「地域包括支援センターは、ここでいいのです。どうぞ、どうぞ」

と招き入れられ、話を聞いてもらうことができた。私は妻の現状をつぶさに話し、こう訴えた。

「オーラルリハビリを求めて言語聴覚士（ST）を探しているのですが、STの数がとても少ないうえに、介護認定を受けていなければダメと断られてしまいます。予防のためのリハビリはダメなんでしょうか？」

「予防のためのリハビリこそが大切で、日頃の努力が大事というのはおっしゃるとおりです。ご不満なお気持ちはよくわかります。しかし、施設（通所）利用のご要望があまりにも多いものですから、差し迫って緊急度の高い人から、というのが現状です。結局、介護認定を受けている人を優先せざるを得ないんです。妙な話なんですが……」

Ｆ氏は苦笑しながらそう答えてくれた。

介護認定を受けていなくても緊急度が高い人はいるけれどなあ……と納得できないながらも、Ｆ氏の立場ではそう答えるのが精一杯なんだろうと思い、矛を収めてフムフムと相槌を打った。

「では、介護認定を受けるにはどうすればいいのでしょうか?」

私が訊ねると、Ｆ氏は、

「認定申請は、ここＦ町地域ケアプラザで受け付けます。事情をお伺いして、適合すると判断されれば、私が申請書を作って申請します」

と引き受けてくれた。

認定手続――主治医の意見書

年が明けてから改めて申請することにして、介護認定申請書の書式をもらって帰宅し、書式を見直して、どの項目に何をどう書けばいいのか考えた。娘もいろいろアドバイスをくれて、必要項目になんとか文字を埋め、仕事始めの一月六日に、さっそくＦ町ケアプラザのＦ氏のもとに持参した。

Ｆ氏はそれを受け取って、

「それでは直ちに私のほうで申請の手続きをいたします」

と請け合ってくれ、言葉をつないだ。

「申請してしばらくしますと、区役所から青木さんのところに連絡が行きます。そこで実態調査の日程調整をしていただきます。そして、当日は区役所の調査員が青木さんのお宅に参ります。ご本人にお会いして、ご本人の健康状態や自立度を調査するためです」

（あとで詳しく述べるが、一月九日に、Ｆ氏の説明どおり、区役所の介護支援課の調査員がいらした）

Ｆ氏は説明を続ける。

「青木さんにやっていただくことが一つあります。主治医に意見書を書いてもらうことです。青木さんの奥様に介護認定が必要だという医学的見地からの意見書です。主治医はいらっしゃいますか？」

「妻が二十年以上も診てもらっている、かかりつけの先生がいます。I内科クリニックといいます」

私は、主治医が書くという意見書の書式のコピーをいただいて帰宅した。

F氏によると、もしも結果が「要支援」の認定であれば、引き続き地域包括センターが担当し、「要介護」の認定であれば、介護事務所の担当になるという。そして、「要介護」の場合は、適当な介護事務所を選び、そこに所属するケアマネージャー（通称ケアマネ）にケアプランを組んでもらう、という手順になるそうだ。

「そうですか。要支援なら地域包括支援センターのケアマネが担当し、要介護なら介護事務所のケアマネが担当する。そうなると、介護認定が要支援か要介護かが決まらないうちは、前へ進めませんね。そんな悠長なことを言っていられないんですが……」

「おっしゃるとおりですが、仮に要支援（1～2）の認定が下りても、実は地域包括支援センターが引き続き担当するわけにはいかない事情があります。地域包括支援センターは人手不足なので、要支援の認定であっても、結局は介護事務所に所属するケアマネさんに担当をお願いする場合が多いのです」

「そんなことがあるんですか！　説明書なんか読んでも、そんな実態があるなんてわかりませんね」

私は驚き半分、ひと安心半分の気持ちでそう言った。

「認定の申請はすぐに私のほうでやります。青木さんはこの中から適当な介護事務所を見つけて、そこに連絡して、担当ケアマネージャーを早めに決めてもらっておくことをお勧めします」

Ｆさんはそう言って、横浜市の介護保険・介護サービス事業者ガイドブック「ハートページ」（二〇一九年版）という冊子をくださった。

妻の転倒とケアマネの選定

その翌日の一月七日、私と妻は自宅マンションと道を挟んだ向かいのスーパーに買い物に行こうと出かけた。ところが、妻が店の前の歩道の段差につまずいて前方に転倒し、顎を強《したた》か打って口の中を切ってしまった。口から多量に出血して胸元が真っ赤に染まり、驚いたスーパーの店員さんが救急車を呼んでくれた。

当日の私の日記には、こう記されている。

一月七日（火）　お昼の食事を二人で買いに出て、スーパーの前の舗道の段差につまづいて妻が転倒し、口の中を切り、出血多量。店員さんが救急車を呼んでくれて、近くの病院へ。下唇の内側と下唇を止血手当て。念のためCTと顎の骨のレントゲンを撮る。さしあたり異常は見当たらず、ひと安心。

実は妻は前年の暮れにも二度転倒していて、これで短期間に続けて三度の転倒だ。妻は家計簿のメモ欄に『ころんだ日』とだけ鉛筆書きしている。後日、書き足したものらしい。立て続けに三度も転んで、よほどショックが大きかったのだろう。

さて、F氏から貰ってきた書式は、いかにもお役所の書式だった。けっこうゴチャゴチャしていて、何をどこにどう書けばいいか戸惑う項目もある。私は娘の想像力の助けを借りながら、主治医に書いてほしい内容を、書式にぴったり当てはまるような量と形で項目ごとに下書きしてみた。なんとかまとまったので、それを「参考」と命名し、書式に添えてI先生にお願いすることにした。

一月十四日、それを持ち、妻と一緒にI内科クリニックを訪れ、意見書用紙とともにI

先生に差し出した。するとそれを読んだ先生は、

「よく書けてますね。これをそっくり写せばいいようですね」

と笑いながら引き受けてくださった。

その二日後、戸塚へ出かけた。私は日記にこう記した。

一月十六日、年が改まって以来、戸塚の別荘に一度も行っていない。せめて郵便受けの整理でもしてこようと思っていたら、妻も行きたいと言う。往きに大阪王将でランチのタンメンをたのんだ。しかしタンメンは妻の喉を通らなかった。妻には外食はもう無理だった。妻の落胆が目に余った。

一月二十三日、私は「ハートページ」の中からBサービス協会を選んで電話をかけ、妻を担当していただけるケアマネージャー（以下、ケアマネ）さんの選定をお願いした。ややあって、折り返しBサービス協会のケアマネさんから、「私が青木さんを担当させていただくことになりました」と電話があったので、私はざっと妻の現状を話し、言語聴覚士（ST）のリハビリが受けられるデイサービスを希望する旨を伝えた。

それから約1週間後の一月三十一日、ケアマネさんから連絡が入った。

「ご希望のSTのリハビリが受けられるデイとして、デイサービスではありませんが、H

という通いのリハビリステーション（以下、通所リハH）が見つかりました。のちほど、そこのリーダーのNさんから青木さんに連絡が入ることになっております」

すると、ほどなくNさんから電話が来た。今のところ通所リハHは、月曜日と水曜日の週二回、受け入れ可能とのことだったので、

「ぜひお願いします。できれば一番早い来週の月曜日（二月三日）に、妻と二人で見学させていただきたい」

と見学を申し入れた。

通所リハビリをスタート

妻の滑舌はさらに悪くなり、同時に食べ物を飲み込むのがきわめて困難になった。

ケアマネさんから紹介を受けた「通所リハH」は、わが家の目と鼻の先にあったので、「あっ、あそこか！」と、私は嬉しかった。通所リハHが入っているビルは元ホテルで、その頃、見晴らしの良い最上階のレストランで妻と食事をしたことがある。その後、ホテ

ルが閉鎖して病院になったことは知っていたが、デイのリハビリを受け入れていることまでは知らなかった。

「それは好都合です。近くて便利だし、以前から知っている建物だし、デイだけでなく病院もあるのなら、万一のときも安心だし」

再度ケアマネさんから連絡があり、日程調整の結果、見学はこちらの希望どおり二月三日に決まった。見学の仕方は、妻を「一日模擬入所」のかたちで受け入れるので、朝の小型バスでのお迎えから参加できるとのこと。私は「家族の見学」という扱いになり、バスには乗れないので、別途お越しくださいとのことだった。

そして当日、朝九時過ぎ、お迎えの小型バスがマンションの玄関先に横付けになった。デイは九時四十五分からなので、時刻は迫っている。通所リハHに一番近い妻を最後にピックアップすることにしたのだろう。妻が神妙な面持ちで、職員の介助を受けて乗り込むと、手を振り合う間もなくバスは走り去っていった。

私は数分の距離を歩いていき、指示された十時過ぎに着いた。ざっと数十人の利用者が、すでに当日のプログラムに参加していた。妻の姿もあった。係の人が、

「今日から新しく参加されることになった、青木さんです」

と大きな声で紹介してくれていた。

リーダーのNさんが私を手招きするので近づくと、

「青木さんには、お仲間になりやすい人の間に座っていただきました」

と配慮を示してくれた。そして、私に会場全般のことと、一日のスケジュールを説明したあと、理学療法士（PT）を紹介してくれて、リハビリの実際の様子を見せてくれた。そのあとは言語聴覚士（ST）を紹介してくれた。若い男性のSTだった。

私は内心、「やっとSTさんに辿り着くことができた」と嬉しかった。しかし、Nさんはこんな言葉を続けた。

「STリハビリは、個室で行います。いきなり個室で男性のSTと二人きりになって、青木さんが緊張されるといけませんので、STリハビリはしばらく何回か通って慣れていただいてから始めようと考えています」

そのとおりかも知れない。しかし、私としては一日も早くSTリハビリを始めてほしかった。そうすれば、自宅での「パタカラ訓練」にも弾みがつくはずだという期待があった。しかし、入所当初からあまり無理な要求はしないほうがいいと思い、「ご配慮ありがとうございます」と言うにとどめた。

妻はこの日のスケジュールに素直に溶け込んで、他の参加者と一緒に体操し、懸命に首や手を動かしていた。それを見て私は、これで通所は無事にスタートできそうだと感じてほっとした。

頃合いを見て、私は見学を終え、さっそく来週からの通所を正式にお願いして辞去した。

実態とズレた介護認定

話は少しさかのぼる。一月九日に、F氏の説明どおり、区役所の介護支援課の職員が調査のために来宅した。その時点では妻はまだ自力で歩けたし、自力でトイレにも行けた。調査員はその現状を観察して帰っていった。

それから一ヵ月以上経った二月十三日付で、「要介護1」の認定通知が送られてきた。ところが、その通知を受け取ったときには、妻はすでに自力では歩けなくなっていたし、トイレも介助なしでは用が足せなくなっていた。そんな体調の妻がなぜ「要介護1」なんだ！　認定が軽すぎる！　と、私は調査員の調査能力を疑った。

認定通知の内容は次のとおりだ。

> 令和二年一月八日に申請のありました要介護（要支援）認定について、次のとおり認定しましたので通知します。
> 一、被保険者：青木○○様
> 二、認定：認定有効期間、令和二年一月八日～令和二年七月三十一日
> 要介護状況区分　要介護1

調査時点での妻の状況と、認定通知を受け取った時点での状況との差は何なんだ。このタイムラグは何なんだ。病状の進行が速い妻の場合、これでは実態に即した介護サービスを受けられないということになる。

庭球でも卓球でも野球でも球筋を見て、球の行き先を読んで自分の動きを決めるものでないのか。

調査してから認定するまで仮に一ヵ月かかるとするなら、一ヵ月先の体調・病状を推定できてこそ、本物の「調査」ではないのか？　それがプロというものだ。現状を認定するなら子どもでもできると言ったら言いすぎだろうか。

もし一ヵ月先の体調・病状を推定できないというのなら、即日認定して結果を示すべきだ。即日が無理というなら、せめて二、三日後に認定が出せる体制を作るべきだろう。そんな強い不満を持った。怒りに近い不満だった。

しかし今回の認定結果について、もし異議を唱えれば、「調査時点ではそうだったから」と役所側は言うだろう。そして、「文句があるなら、その認定をいったん取り下げて、再度認定申請してください」と言うだろう。そうするとまたゼロからやり直しになり、また一ヵ月以上待たなければならない。官には勝てないのが民だ。長い物には巻かれろか。ここは泣き寝入りするしかない。

介護制度のコンテンツは、過去に比べればかなり改善されているという。しかし、たとえコンテンツが改善されても、「お役所仕事」のスピード感というか、介護認定会議の認定サイクルが改善されないかぎり、介護サービスは利用者のニーズに追いつかない、というのが私の率直な感想だ。

四、言語聴覚士（ＳＴ）に出会えたのに

ＳＴリハビリはいつ始まるの？

通所リハが始まれば、さっそくＳＴリハビリが始まり、ＳＴリハビリが始まれば、自宅での「パタカラ訓練」に弾みがつくと思っていた。だが、ようやく「ＳＴがいる通所」が見つかったのに、私が期待していたほどに、すぐにはＳＴリハビリが始まっていないようだった。

「今日、ＳＴの先生は発声練習とかベロ体操とか、してくれたの？」

と毎回妻に質問しても、言語不鮮明で要領を得ない。一日も早くＳＴリハビリを始めてほしいと私は願っていた。

その不安を別にすると、妻に対する通所リハＨのリーダーＮさんの心づくしは満足できるものだった。

妻を自宅で入浴させるだけの体力・筋力は、もう私にはない。その妻をきちんとお風呂にも入れてくれていた。また、利用者に提供されるお昼のオカズはキザミ食（噛む力が弱くなった人向けに、料理を細かく刻んだもの）が原則なのに、キザミが飲み込めない妻には、自宅から妻に適した「流動食」を持参するようにして、わざわざ手間をかけて食べさせてくれた。

大勢の利用者を対象にしたプログラムの中で、特定の個人に対するこうした特例的な扱いは、スタッフの手間を取らせて進行の妨げになるはずだ。それなのに、Nさんのご配慮は、まさに「地獄に仏」の思いだった。

妻は筆談ボードやメモ用紙を頼りに、席の左右の人と楽しくコミュニケーションしていたらしい。持ち帰ったメモの断片には、「わんぱく」とか「校長」「かなづ村」「学童そかい（疎開）」などと書かれていた。

その断片から、幼いときには腕白でいたずらっ子で先生の手を焼かせた子どもが、今は小学校の校長先生になってくれていて嬉しいという自慢話を、両隣の人にご披露している妻の嬉しそうな気持ちが想像できた。

また、妻はまだ幼い小学校二年生のときに、太平洋戦争の空爆を避けて、東京の深川から新潟の金津村の高巖寺に集団疎開させられた経験がある。その疎開中に深川の自宅が爆撃で焼失し、戦争が終わってからは、焼失を免れた神田の古家に移り住み、後日父に連れられて深川の焼け跡を見に行き、悲しかったという苦労話を披露して、同じような経験をした利用者の皆さんと体験を語り合って懐かしんだ気持ちも、このメモからうかがわれた。コミュニケーションが不自由なのに、精一杯、他の利用者と馴染もうとする妻の健気な努力が嬉しく、いじらしかった。

ひとりでのお風呂は困難に

通所リハHでは連絡帳が設けられていて、朝夕の送迎の際に必要事項を交換し合う。私はこれを利用して、Nさんあてに連絡事項を書いた。書き切れないときは別紙に書いて連絡帳に挟んだ。おもに、わが家での妻のありのままの姿を知らせるのが目的だった。そのいくつかを紹介させていただく。

二月十五日
妻がお世話になっています。食事の「トロミの件」でお手をわずらわせ、申し訳ありません。ご丁寧にお手紙をいただき、ありがとうございました。

自宅で食事をするときも、トロミの濃淡については、なかなかうまくいかないので、私も悩まされています。過日、ドラッグストアで「トロミ付き飲料・そのまま飲める緑茶」というものを購入して出したところ、トロミが濃すぎると拒否されました。察するに、世間一般のトロミの濃度では、すでに本人には濃すぎて喉を通らなくなっているようです。その商品を四〜五倍に薄めたら、ようやくOKサインを出してくれました。

意思表示が乏しいので、はっきりしたことはわかりませんが、トマトジュースや野菜ジュースは、それ自体にトロミが感じられるためか、トロミを付けなくてもそのまま飲んでくれますので、その程度のトロミなら喉を通るようです。このような個人的なことを申し上げて、Nさんには、大勢の利用者さんをお忙しくお世話される中で、ご厄介をおかけして申し訳なく思っています。

お手紙にありましたように、その都度しっかり言い聞かせていただければ幸いです。どうぞよろしくお願いいたします。（後略）

二月二十六日
大変お世話になっております。二件、ご連絡申し上げます。
①検査入院の件（後出、七五ページ参照）
②お風呂の件
もともと妻は、お風呂はあまり好きではなく、週に一回入れば良いほうでした。このような体調になってからも、その傾向はずっと変わっていません。

そういう妻ですが、今からもう一ヵ月以上前のことになるでしょうか。ようやく「今日はお風呂に入る」と言ってくれて（いつも妻が先に入り、妻が出てから私が入る習慣です）、いつものように一人でお風呂に入って体を洗い、浴槽に浸かったまでは良かったのですが、いざ浴槽から出ようとして手すりにつかまり、立ち上がろうとしても、まったく立ち上がれず、私に助けを求めたということがありました。

幸い私がすぐに気づいて、浴槽の中で何とかして立ち上がろうともがいている妻の身体を抱えて引っ張り上げようとしましたが、八十九歳の私にはすでに妻を持ち上げる力がないことを思い知らされました。

あれやこれや苦労しながら、最後はやっとのことで浴槽から出すことができましたが、下手をしたら二人ともども転倒していたのではないかと、今思い起こしてもゾッとします。もう妻に自宅マンションの浴槽には浸かってほしくありません。

そんなことがあってから何日かして、妻は早朝五時頃、私がまだ寝ているうちに、黙って一人でシャワーを浴びました。まだシャワーだけでは寒い時期でしたが、寒さをこらえてシャワーを浴びたようでした。妻としては何か思うところがあったのかも知れません。ちょうどトイレに起きた私がシャワーを浴び終えた妻と鉢合わせしてびっくりしました。と同時に恐ろしくなりました。

私は妻に言いました。もし浴室で転んだら大変なことになる。私が起きているとき、私に一声かけてからシャワーを浴びるよう、私が外出しているときは決してシャワーを浴びないよう、くれぐれもお願いしました。

そんなことがあってからもう一ヵ月以上経ちますが、それ以来、妻はシャワーを浴びません。私が見張っているからとシャワーを勧めても、手を横に振り、指でバッテンをつくるだけです。あのとき私が心配のあまり強く言ったからでしょう。一度こうと思い込んだら相手の意見を聞かない頑固な一面があるのです。

たまたま本日、介護認定の意見書を書いてくださった主治医I医師のところに、定期検診と薬を処方してもらいに行きました。その際に、要介護1の認定をいただいて、週二回、月・水にデイリハに通い始めた報告をしましたところ、「良かったね、お昼とお風呂付きなんでしょ」とドクターは妻の顔を見ながらおっしゃいました。それを聞いた妻は、「そうか、お風呂もか」といった表情を見せていました。

そこで、帰宅してからさっそく、「明日、通所リハHに行ったらNさんに、『さあ、お風呂はどうしますか?』と言われるかも知れないよ」と言ってみると、以前のような激しい拒否の態度は見せませんでした。しかし、積極的に了解してくれたという風情でもありませんでした。

私としては、ぜひお風呂に入ってほしいのですが、本人の気持ちはよくわかりません。どうぞよろしくお願いいたします。

トロミの難しさと、初めてのお風呂

三月二日、通所リハＨから帰宅した妻が、「お汁にもお茶にもトロミが付いているので飲めない」と私に訴えた。仕方がないので、家から持参したペットボトル（浄水）を確認してみると、ほんのわずかしか減っていない。デイリハ中、ほとんど飲み物を摂取していないようなのだ。

日に日に低下する妻の嚥下能力には、通所リハＨで用意してくれているトロミは濃すぎるようだ。

私自身も苦労してきた。一月頃は市販のトロミ剤の説明書に書いてあるとおりの濃さでも良かった。ところが二月に入ると、その濃さでは飲めないという。嚥下能力が徐々に劣化している証左だが、日々嚥下力が落ちていく妻にとって、その時々にちょうど良いトロミの濃さを見つけようと日々努力するのだが、なかなか見つからないのだ。

おそらく通所リハＨで出される汁物や飲み物は、トロミ剤の説明書どおりの分量比で用意してくれているに違いない。せっかく手間暇かけてトロミを付けてくれているはずなのに、妻の嚥下能力の衰えは、すでに世間並みのトロミの濃度では濃すぎるのだ。

この頃の妻の体調にフィットしたトロミは、五〇〇ccの水に対して一・五グラムのトロミ剤という濃度だった。これは説明書の四倍の薄さだ。

そのため、妻に合ったトロミ水をペットボトルに入れて持参させていた。しかし律儀な妻は、出されたお汁や飲み物に手をつけずに持参したものを飲むのは失礼だと思うのだろうか、せっかくペットボトルを持っていっても飲むのが憚られるようなのだ。

三月三日　夜
大変お世話になっております。四件、ご連絡申し上げます。
①血圧の件：（省略）
②トロミの件：一昨日、帰宅して座るなり「トロミを断ってほしい」と筆談ボードに書きました。本人の言い分は、「おつゆにもお茶にもトロミが入っていて飲めないから、持参したペットボトルの水を飲んでいる」とのことです。
今夜も「明日、通所リハだね」と言いましたら、即座に「トロミを断ってね」

と筆談ボードに書いて、私に訴えるような表情を見せました。本人としてはよほどトロミに難渋しているようです。

そのように嫌がるものですから、最近わが家ではトロミ剤を一切使っておりません。本人も浄水器を通したサラサラな水を、苦労しながらも懸命に飲んでいます。

わが家のその他の飲み物としては、味噌汁、お吸い物などの「おつゆ」は用いず、トマトジュース、野菜ジュース、コーンポタージュなど、トロミを加えなくてもそれ自体がトロッとしているものを選ぶようにしています。

過日、どの程度の濃さのトロミなら本人の許容範囲かを試してみましたら、通常のトロミの濃さの四～五倍に薄めないと、本人にはゴックンできないようでした。一度試しにそちらでもトロミなしのお茶、または「おつゆ」を出していただいて、本人の反応を見ていただけると幸いです。

③お風呂の件：夕食後、「明日、Nさんが、『お風呂に入りましょうか』っておっしゃるかも知れないよ。支度しておくから、気が向いたらお風呂に入ってきてね」と私が言いました。念のため、入浴の準備はしましたが、本人が何と言うか

は見当がつきません。首尾はともかく、Nさんがおっしゃるように「強制でなく」勧めてみてください。お願いします。

④入院の件（後出、七六～七九ページ参照）

三月四日の通所リハHで、とても嬉しいことがあった。私は日記にこう書いている。

三月四日（水）デイリハの日。お風呂に入れる日だが、妻は昨夜から抵抗を示していた。今朝もお風呂用のタオルを持参することさえ反対していたのに、帰宅した妻に聞くと、入浴したという。Nさんが上手に誘って入浴させてくれていた。嬉しかった。快挙だ！

私は、妻が初めて通所リハHで入浴したことを喜んだ。というよりも、今朝まで「絶対嫌だ。お風呂には入らない」と言っていた妻を、どのように説得して入浴させてくれたのかと、Nさんの力量に驚愕した。

当の妻の気持ちは、説得されてやむを得ず入浴したのか、入浴させてもらったことを喜んでいるのか、言語不明瞭のうえ、ほとんど喜怒哀楽を表情で示せなくなった妻の内心は、本当のところはどちらなのか私にはわからない。妻の当日の家計簿メモ欄には、「通所リハH（湯に入った）」と簡記されているだけだ。どちらにしろ、私は嬉しかった。もう自宅では妻を「安全に」入浴させる術も自信も私にはない。頼みの綱はさしあたり通所リハHしかない。祈る気持ちで託した私の願いに、Nさんは見事に応えてくれた。私はさっそくNさんに、感激と感謝を電話で伝えたのだった。

話は横道にそれるが、この四日後の三月八日は私の満八十九歳の誕生日だった。私の誕生日も妻の誕生日も、ちょっと格好をつけてリッチな外食をしたり、旅行をしたりするのが長い間の習わしだった。しかし今回はそれどころではない。と思っていたところに、妻から思わぬサプライズがあった。

介護されている側の妻から、介護している立場の私が、プレゼントをもらったのだ。いつの間に用意しておいたのだろう。うまく微笑めなくなった表情で、何やらモゴモゴ言いながら、「おめでとう」と表書きしたポチ袋を私に差し出した。

意表を突かれて思わず、

「えっ、お祝いくれるの⁉」

と叫んでしまった。涙が出るほど嬉しかった。私には、うまく微笑めなくなってしまった妻の顔から、満面の笑みが読み取れた。私の心の耳には、モゴモゴ言っている妻から、「八十九歳のお誕生日おめでとう」という言葉がはっきり聞こえた。

ポチ袋を開けてみると、万札が三つ折りにされて可愛らしく入っていた。感涙！

検査よりもリハビリを！

C病院への通院は、十二月五日から始まり、十二月二十四日、一月十五日、一月十七日、二月二十日、二月二十七日、三月五日と回を重ねた。脳神経内科を中心に、並行して耳鼻科、脳外科を受診した。

通院五回目の二月二十日に初めてリハビリ科を受診し、STリハビリを受けることになった。良いSTに巡り合えさえすれば、妻の嚥下障害と構音障害はなんとかなるはずだと私は祈るような気持ちだった。

C病院の受診について、私は日記に次のように記している。

十二月五日（木）　I内科クリニックの紹介状を持って、C病院の脳神経内科を受診する。担当はC医師。やはり明確な診断は出ず、ここでもMRI検査をやり、今月二十四日に耳鼻科を受診することになった。念のためとわかっていながら、同じ検査を二度もさせられると、さすがに妻は疲れた様子。九時三十分に家を出て、帰宅は十六時。

同じ検査を二度受けたことで疲れたというより、K病院のときと比べて、妻の体調があきらかに衰えを見せていた。そのような体調で〝待たされる〟妻が痛々しかった。

一月十五日（水）　一月七日に妻が転んで怪我をしたため、八日の予約を一週間延期して受診。十時、生理検査室で排気量測定（スパイログラフィー）。呼気が百分の二十九で弱っている。胸部レントゲンは異常なし。採血。リハビリ受診を強く申し出て、二月十七日に予約できた。帰宅十四時。妻、疲れた。

二月十七日（月）　通所リハHをお休みしてC病院へ。十時、リハビリ科を受診。外来は原則として診ないというところを敢えてお願いして、三ヵ月に限ってSTリハビリを受けられることになった。さっそくSTリハビリを二月二十日に予約。次に十四時、脳神経内科C医師を受診。徹底究明のため入院を求められ、やむを得ず応諾。入院のための事前説明を受けて、十五時近くに帰宅。

二月二十日（木）　C病院リハビリ科のSTリハビリ受診の第一回目。期待して出かけたが、STは、舌圧、咬合力（噛む力）の検査や生活状況を聞くなどの現状チェックばかりで、期待外れ。低栄養からの脱却が先決と言われ、栄養食品のサンプルをもらって帰宅した。

前回、ようやくリハビリ科受診に漕ぎつけ、今回、待ちに待ったSTとやっと会えると、大きな期待を抱いて受診したにもかかわらず、初回だからか、本格的なSTリハビリを行ってはくれず、肩透かしを食った感じだった。と同時に、「ここは我慢。次回こそは」と、私は落胆した自分の気持ちを懸命に立て直した。

二月二十七日（木）　十五時、C病院リハビリ科でSTリハビリを受ける。STは、紙風船、ティッシュ、吹き戻し（ピロピロ）などを使いながら、妻に呼気努力を促した。

私は妻と一緒にリハビリ室に入り、STが行うリハビリをつぶさに観察した。私が専門書を参考にして自宅で自己流にやっていたリハビリと九九％同じであるとわかり、間違っていなかったことに自信を深めた。

検査入院を強く勧められる

C病院、脳神経内科での前々回の受診の際（一月十五日）、担当のC医師がこう言っていた。

「はっきりした原因がなかなかわかりませんね。一度入院して、しっかり検査したほうがいいかも知れませんね」

しかし、入院に乗り気でない私は、「そうですか」とだけ答えて返事を濁した。

その次の受診のときも（二月十七日）、C医師は、

「一度入院していただいて、もっと詳しく調べたほうがいいと思いますよ」

と言ったが、私は、「また言われてしまった。どうやら本気で言っているらしいな」と思いながらも、前回同様に、

「入院ねえ、そうですねえ……」

と、前向きでない反応を示したつもりでいた。その私の反応をC医師がどう受け取ったかは知る由もないが、一応、入院のための事前説明は受けて帰った。

ところが二月二十五日、C病院から電話があり、女性の声で、「青木さんのためのベッドが空きました。二月二十八日の△時にご来院のうえ、入院手続きをお願いします」と言うのだ。

（えっ？　入院の話は出たけれど、入院するとはっきり言った覚えはないし……、ずいぶん強引だな）

私はそう思いながらも、そうは言えないので、

「その日は急すぎて間に合いません。もう少し先にしてください」

と言って断った。すると電話の主は、

「承知しました。その旨をドクターに伝えます」

と言って電話を切った。

妻はあまり抵抗感なく通所リハＨに通い始めたとはいえ、まだそれほど回数を重ねていない。通所リハＨの雰囲気に十分に慣れるためにも、グループの中にしっかり仲間入りするためにも、これからが大切な時期だ。そんなときに「入院のために欠席」「入院のために中断」することによって、妻の気持ちを再びゼロに戻してしまわないか。入院して通所リハＨの皆さんとの人間関係が中断してしまえば、退院して通所を再開したときの障りに

ならないか。私はそれが心配だった。

これが、入院に消極的な理由だ。翌日の連絡帳に挟んだNさんあてのレターが、その時点での私の気持ちをよく表している。

二月二十六日
大変お世話になっております。二件、ご連絡申し上げます。
①検査入院の件
昨夜、C病院から、検査入院のためのベッドが空いたから金曜日（二月二十八日）に入院手続きをするように、と電話がありました。それに対して私はこう答えました。「今はデイケアに通い始めたばかりで、当面はデイケアの雰囲気に慣れることが先決と考えている。ベッドはすぐには空かないと聞いていたので安心していた。検査入院の件はもう少し先にしてほしい」と。

電話してこられた女性は、その旨をドクターに伝えますと言って、電話はそこで切れました。次回のC病院の脳神経内科受診の予定は三月十三日（金）です。

その際に、あるいはそれ以前に、再びC病院から入院を督促してくるかも知れません。

なるべく先に延ばしたい気持ちに変わりはありません。できれば四月中旬以降、あるいは入院せずに済ませたい気持ちです。

②お風呂の件（前出のため省略）

恐る恐る検査入院することに

三月二日、C病院から女性の声で再度電話がかかってきた。「青木さんのためのベッドが空き、三月五日に入院できる準備ができました。△時までにご来院のうえ、入院手続きを云々……」と、前回と同じ趣旨である。私は今回も、

「もう少し先にしてください」

と言って断った。すると先方は、

「もう少し先と言いますと、いつ頃ならいいでしょうか？」

と聞いてきた。できるだけ先に延ばしたい気持ちがあった私が、

「できるなら来月（四月）以降に」

と答えると、電話の主は、

「ドクターに伝えます」

と言って電話を切った。

すると十分ほどあとに再びC病院から電話があり、高圧的な男性の声がいきなり私の耳を圧した。

「青木さんの場合、容体が急を要すると思われるので、ベッド待ちの人が大勢いるのを飛び越して、優先してベッドを空けているのです。四月以降まで入院を延ばすと、それまでの間に救急車で運ばれる事態が考えられます。そのような危機感をお持ちではないのでしょうか！」

ドクターらしいがかなり高飛車で詰問調だ。いつものC医師の声ではない（後日、この電話の主はやはりC医師ではなく、脳神経内科の部長であることがわかった）。

妻の症状はオーラルフレイルだとばかり思い込んでいた。脳神経内科を受診することよ

りもSTのいる形成外科に通院するほうに大きな期待を持っていた。私は、

「担当医からは、別段そのような危機感は告げられていませんが……」

と答えた。すると先方は、

「ご本人の前では言えません！」

と言って、強い口調で入院を促し、電話を切った。なんだか叱られたような、キツネにつままれたような気分だった。

妻の症状はオーラルフレイルに起因するものに違いないと思い込んでいた私だが、ドクターのその口調から、何か予想外の深刻な病気が潜んでいるように感じられて、急に身が引き締まる思いがした。

後日振り返ってみると、このドクターは、担当のC医師を交えた日々のカンファレンスで、妻の病状についてかなり深刻な見立てをしていたのかも知れない。C医師は、カンファレンスの場では侃々諤々やっても、確信を得るまでは患者と家族には伏せていたのだろうか。そう考えると、電話をかけてきた上席ドクターの立場も、担当のC医師の対処も、今ならばわかる気がする。

これ以上抵抗してC病院に見放されても困ると思った私は、とりあえずケアマネさんに相談した。すると、

「C病院のお医者さんから直接電話がかかってくる例は多くありません。よほどのことだと思います」

とのことだった。それを聞き、「抵抗もここまで」と私は判断した。どうやら何かありそうだ、入院させよう、と覚悟を決めた。

さっそく折り返しC病院に電話をした。ところが、

「先ほどご提案した三月五日のベッドは、すでに次の順番待ちの方に回してしまいました。入院の日程については、もうしばらくお待ちください」

とのことだった。

私は、翌々日の三月四日の通所リハHの送迎の際、検査入院を決めるに至った仔細をNさんあてにしたため、そして運転手さんに託した。

（前段省略）今度いつ「ベッドが空いたから」とC病院から電話があるかわかりませんが、そのような経緯がありましたことを、どうぞご理解いただきたいと思います。（三月三日夜）

その翌日、私は日記にこう記している。

三月五日（木）　C病院STリハビリの日。STが妻の呼気をいろいろ試すが、ほとんどダメ。ピロピロもティッシュ吹きもダメ。STに三月九日に入院することになったと予定を伝えると、「それなら次の予定を入れることはできません」と言う。三月二日に電話の医師の剣幕に押されてOKしたが、果たして入院すると決めたことが良かったのか悪かったのか。なんだか妻が可哀想。

私はがっかりした。リハビリ科の医師に三拝九拝してようやく、「特別に三ヵ月に限ってSTリハビリを受けていただきましょう」と許可をもらい、愁眉を開いてSTのもとに通い始めた矢先だ。かりに入院したとしても、引き続きSTのリハビリは受けられるものと思っていた。

ところが、入院患者と外来患者は扱いは別だという。妻は今日までは外来患者。入院すると入院患者。外来患者の扱いをそのまま入院患者に適用して延長することはできないというのだ。

なぜこのように、せっかく掴んだＳＴとの出会いのチャンスが脆くも崩れるのか。私は妻の入院を決めた自分がバカだったと、自分を蔑んだ。妻が哀れだった。と同時に、妻の入院を迫る電話をかけてきた医師を恨んだのだった。

五、検査入院

いきなり絶食させられた

私が病院からの入院要請を延期していた理由の一つは、前述のように、妻が通所リハHの雰囲気にもっと慣れてからにしたかったからだ。理由はもう一つあった。嚥下が困難で食事に人一倍時間がかかる妻を、病院側が果たして根気よく「アーン」と言いながら、時間をかけて食べさせてくれるのか？　という心配だった。

多くの入院患者を抱えて忙しい看護師たちは、食事の配膳後は、一定の時間が来たら、「食べようが食べまいが」さっさと食器を下げてしまうのではなかろうか。この心配が、妻の入院を躊躇した大きな要因だった。

入院当日は、私と娘が付き添った。四人部屋の一つが妻のベッドと決まり、パジャマへの着替えを終えた頃、病院食のお昼が出た。あらかじめ申告してあったので、食事にはトロミが付いていた。

私は「アーン」と妻の口を開けさせ、宥めながら食事をさせた。トロミは、妻には苦手な世間並みの粘度の高いトロミとすぐにわかった。妻はひと口ふた口食べるのにも時間がかかり、くたびれてしまい、スプーンを口に運んでも拒否反応を示した。それを、看護師の他、医者の卵らしき数人が見ていた。

そのあと、入院手続きを終え、病室に妻を残して私たちは帰宅した。

次の日、私が面会に行くと、私の顔を見るなり妻が、助けを求めるようにメモを書いて見せた。見ると「ごはん、くれないの」と悲しげだった。妻はメモを書き足した。「ほかの三人は食べている」。

四人部屋の他の三人が食事をする気配を耳にしながら、妻だけは配膳されないテーブルを空しく見つめていたのか。妻の顔からは、「私は捨ておかれている。人間として扱われていない」といった無念の表情が読み取れた。

昨日、妻の食べ具合を見ていた看護師たちの様子から、「もしかして……」と、私に不吉な予感がなかったわけではなかった。その一方で、「まさか、そんな惨いことはするまい」という期待もあった。あらかじめ私に、「絶食にしますが、よろしいでしょうか」と相談もなかった。

妻から訴えられて不吉な予感が現実になったことを知った私は、「やっぱりそうだったか！　奴ら、やりゃあがったな！」と、病院側の一方的な仕打ちに怒りを覚えた。

――奴らは検査が目的なんだ。患者を、感情を持っている人間として扱わないんだ。誤嚥のリスクを回避するのは、患者を大切に扱うからではなく、検査ができなくなるリスクを回避しているだけだ。妻の入院は、彼らにとっては研究材料を得たに過ぎないんだ。検査入院なんかさせるんじゃなかった！

私は他に選択肢がないことを知りながらも、入院を一日延ばしにしていた。その間脳裏をかすめつづけていた不吉な予感が的中したことに、悲しみと後悔を抱いた。

八十四歳の高齢女性が、差別的な食事の扱いを幼女のようにみじめに訴えている。私は妻が哀れだった。すぐにでも家に連れて帰りたかった。そんな人非人の病院の、事もあろうに四人部屋に妻を入れ、人生の終末期に悲しい思いをさせている自分の所業を悔いた。

結局、妻に対する病院のひどい仕打ち（絶食状態）は退院の日まで続いた。連日、私は面会を欠かさなかった。退院するまでの約十日間、妻は点滴だけ、つまり生理食塩水だけで生かされていた。

死なない程度に塩水を血管に注入して、生かさず殺さずの状況に置かれた妻はすっかり痩せ、老衰を速め、死期を速めた。この病院は身体を治すところではない。身体を研究材料として扱っているのだ。いわんや心を癒すどころか、病因をつきとめるだけが目的で、患者の心は無視なのだ。

有無を言わさぬ過酷な検査

入院するに先立って、病院側は「検査をするための入院」と言っていたことを改めて思い出した。この入院のおもな目的が、妻の症状の原因を探るための検査にあったことは間違いない。

だからと言って、入院患者の身体を検査するために「手段を選ばない」というのでは困るのだ。患者には、身体もあるが感情（気持ち）もある。患者の身体を検査するに当たっては、患者がどのような感情（気持ち）を抱いているかを勘案し、忖度し、大切にしたうえで、検査の種類、方法、程度、タイミングなどを選んでほしいのだ。

検査は検査でも、治すための、患者のための検査でなければ困る。学術研究一本槍の、医者のための検査では、まるでモルモット扱いだ。

患者の心の状態を思いやることもなく、患者の感情（気持ち）を大切にする気配さえも見せることもない冷酷さが、この病院には感じられた。

構音障害で自分の意思を明確に表現できない妻に対して、病院の都合を優先して、病院の考え方とスケジュールに沿って一方的に検査を進めている。

検査の都度、「この検査には○○○○のリスクがあります。万が一、◇◇◇◇の事態があっても、異議は申し立てません」という書類に、あらかじめサインすることになっている。しかし妻の場合、検査が済んだあとでサインを求めてくることがほとんどだった。

これでは意味がない。諾否の自由もなければ、拒否のチャンスも与えられない。事後のために書類を揃えることだけが目的だ。私がそれを質すと、「手術室の関係で、検査時刻がなかなか決まりませんでしたので……」とか、「検査を担当するメンバーがなかなか確定しなかったものですから……」といった、病院側の事務的な都合を言い訳にした。

病院は患者側に対して「上から目線」で「一方的」で「やりたい放題」なのだ。病院にとっても医師にとっても、患者はお客のはずだ。患者がいなければ病院は成り立たず、医師は生活できなくなる。それは今般のコロナ騒ぎが証明している。

それなのに、あたかも医師が患者より偉くて立場が上であり、患者は医師より偉くなくて下の立場にいて、否応なく医師の言に従っていればいいんだ、と言わんばかりの姿勢が

C病院医師には見て取れた。

妻の我慢がついに限界に

痛い苦しい検査漬けの日々が続いた。ついに妻の我慢が限界点に達し、言葉にならない声で悲鳴を上げた。

構音障害のため、妻は自分の気持ちなり感情を言葉で伝えられない。筆談ボードを病室のベッドサイドに残したまま、ストレッチャーで検査室に運ばれたら最後、本人の口からは、「痛い」とも「苦しい」とも言えない。「今日はやめてほしい」とも「お願いだから勘弁して」とも言えないのだ。

家族にも知らされない、本人も望まない、痛い苦しい検査を受けた翌日、私が午後からの面会時間に行くと「昨日はこうだった」と、妻は身振り手振りで泣きそうな顔をしながら訴える。しかし、どこをどう検査されたのか、私には十分に伝わらない。何を目的とした検査なのかもわからない。妻は正規に手話を習ったわけでもないが、悲しいかな、それが妻にできる精一杯の感情表現なのだ。

国家試験に合格して医師になったのだから、皆ＩＱは高いはずだが、医師には患者の表情・態度・仕草の変化から、患者の感情を読み取る感性すなわちＥＱはないのだろうか。それとも、たとえ患者の感情が読み取れても、研究意欲と検査スケジュールを優先させて、患者の感情は見て見ぬふりして、見殺しにして検査を進めているのだろうか。

いわんや構音障害がある妻の場合は、家族であり保護者である私に対して、もう少し懇切に事前説明があってもいいはずだ。どのような目的で、どのような検査を、どのような手順で、いつやるか。その検査が患者にどのような身体的・心理的負担を与えるのか、それらを説明する道義的責任があるはずだ。ところが、私にはこちらから病院側に質問しないかぎり一度も事前説明がなかった。

入院している妻には、「明日の予定」を書いたメモが、前夜もしくは当日の朝になって渡されている（配られている）ようだ。そこには、検温、血圧、採血、心電図などという日常的なチェック項目と並んで、日によっては「筋電図検査」とか「髄液検査」などと書かれていた。たとえ私がそのメモを目にしたとしても、それはメモを渡された翌日だ。渡されたとき（配られたとき）にベッドにいるのは妻だけだ。しかも、メモを渡されても、妻は質問もできなければ延期の要望も拒否もできない。

面会時刻は午後からだから、毎日私が面会に行っても、その日に予定された検査はすでに終わっている。すべてがあとの祭りなのだ。

なぜC病院は、入院患者に責任を持っている家族に、事前に予定を知らせ、事前の了解を取ろうとしないのか。なぜ、入院予定期間を通した「入院計画」なり「検査計画」が示せないのか。なぜ「明日の予定」を前夜もしくは当日の朝になって患者にだけ知らせるのか。自分たちの思いどおりに検査を進めたいから、患者の家族には邪魔させないぞという傲慢な判断からか。それが病院側の作戦だとすれば、横暴極まりない話だ。

ある日、私が面会に行ったときは、今朝渡されたというメモに「筋電図検査」と書いてあった。しかし、すでにその検査は終わっていた。妻は「痛かった」と筆談ボードに書いて、助けてと言わんばかりに泣きそうな顔をして、私にすがり付いてきた。

「筋電図検査」は手遅れになったが、たまたまその日配られた「明日の予定」メモが目に入った。そこには「髄液検査」とあった。

私は担当のC医師を呼び、説明を求めた。

「この検査をしないと、一連の検査が完結しないのでしょうか？」

やっとつかまえた初めてのチャンスに、つい私は訊問調になっていたかも知れない。驚いたような戸惑ったような表情を見せて、C医師は言った。

「絶対にしなければならない、ということではありませんが……、私どもとしては、なるべく完璧を期したい、という思いがありまして……」

「そうですか。妻が、もう勘弁してほしいと音を上げているものですから、医師としてのお立場では、患者の身体を調べることも大切でしょうが、ある程度の材料が揃ったところで、いかがでしょうか、患者の心のほうも労わっていただきたいのですが……」

するとC医師はハッと何かに気づいたように急に真顔になり、息を呑んだ。

「申し訳ありませんでした。つい検査に熱心になりすぎて、患者さんのお気持ちにまで思い至りませんでした。髄液検査はやめることにいたします」

担当のC医師には、カンファレンスにおける体面とプライドが頭にあったのだろう。先輩医師たちのコメントに耐える検査に完璧を期すことばかり考えていたのだろう。

この一件で、患者を研究対象として、研究成果を大切にする一方で、常に患者の気持ちに寄り添う大切さをC医師に気づいてもらえてよかった。

六、衝撃的な告知

なんと筋萎縮性側索硬化症（ＡＬＳ）！

三月十七日、十五時三十分、退院前日の午後のことだ。私は病室に妻を残して病棟面談室に入った。担当のＣ医師が看護師を伴って座っていた。危機感を感じないかと電話で叱られ、もしかして重大な何かがあるかも知れないと予感しながら入院したことを思い出し、私は緊張していた。

私はＣ医師からＡ４用紙三枚にぎっしり書かれた「診療内容説明書」を受け取った。

Ｃ医師はその「診療内容説明書」にもとづいて、ほとんど朗読するような口調で、この数日間にわたった検査結果を私に説明した。

「ろれつが回りにくい（構音障害）、飲み込みにくい（嚥下障害）などの症状があり、当初は脳梗塞の後遺症などの可能性が考えられておりましたが、その後も徐々に進行したため、精査のため二〇一九年十二月五日に当院の脳神経内科へ受診いただきました。さらに症状の進行があり、今回ご入院いただき、精査させていただきました」

Ｃ医師の朗読に合わせ、私は慎重に文字を追っていった。遺伝子検査、脊髄のＭＲＩ、頚部~骨盤部のCT検査、脳のMRI、神経伝導検査、針筋電図検査で神経や筋肉の反応を調べたことを聞きながら、悲鳴を上げた妻の顔を思い出さずにはいられなかった。

そして、ここまでの説明を終えると、C医師は声を改めるように一呼吸おいて、こう所見を述べた。

「これまでの症状の経過や診察所見から、ある神経疾患と考えられました。それは、筋萎縮性側索硬化症（ALS）という病気です」

私は息を呑んだ。想像もしていなかった結果であった。よりによって妻が‼

C医師の説明は以下のように続いた。

◆ALSとは、手足・喉・舌の筋肉や、呼吸に必要な筋肉が、だんだん痩せて力がなくなっていく病気です。しかし、筋肉そのものの病気ではなく、筋肉を動かし、かつ運動をつかさどる神経（運動ニューロン）だけが障害を受けます。その結果、脳から「手足を動かせ」という命令が伝わらなくなることにより、力が弱くなり、筋肉が痩せていきます。その一方で、身体の感覚、視力や聴力、内臓機能などはすべて保たれることが普通です。

◆頻度：一年間で新たにこの病気にかかる人は、人口十万人当たり約一~二・五人と言われています。

◆原因：原因は不明ですが、神経の老化と関係があると言われています。様々な学説がありますが、結論は出ていません。

◆遺伝について：多くの場合は遺伝しません。両親のいずれか、あるいはその兄弟、祖父母などに同じ病気の人がいなければ、まず遺伝の心配をする必要はありません。

◆症状：多くの場合は、手指の使いにくさや、肘から先の力が弱くなり、筋肉が痩せることで始まります。話しにくい、食べ物が飲み込みにくいという症状で始まることもあります。

妻の場合は、「話しにくい」「食べ物が飲み込みにくい」という後者のタイプと考えられる。このようなタイプを、進行性球麻痺型と呼ぶこともあるそうだ。いずれの場合でも、やがて全身の筋肉が痩せ、力が入らなくなり、歩けなくなる。喉の筋肉が弱れば、会話や食事はますます困難になる。一方で、進行しても視力や聴力、体の感覚などには問題が起こらず、眼球運動障害や失禁は見られにくい病気だとわかった。

C医師の説明はきわめて慎重で丁寧だった。表情も穏やかで温かかった。髄液検査の一件からは、優しく思いやりに溢れる態度に変わっていた。しかし、診断の内容は私の予想を裏切る厳しいものだった。

私はオーラルフレイルだと思い込んでいたので、妻と一緒に「パタカラ訓練」をしたり、ピロピロを吹いたりしてきた。また、良い言語聴覚士（ＳＴ）を見つけて早期にリハビリを始めさえすれば、遅かれ早かれ事態は改善すると、そう思って努力してきた私たち二人だった。しかし、その期待は裏切られた。事もあろうにＡＬＳとは！　よりによって、なぜ妻が……。本当にそうなのか？　誤診じゃないのか？　と、にわかには信じ難かった。

胃瘻の造設をするかしないか

治療法については、まず、ＡＬＳの進行を遅らせる作用があるという「リルゾール（リルテック）」「エダラボン（ラジカット）」という薬が挙げられた。しかし、軽症か重症かによって効果は異なり、また長期にわたり効果を維持できるのか、生存期間を延長できるのかについては、まだ検証されていないという。

対症療法（症状の緩和法）として、筋肉や関節の痛みに対してはリハビリテーションが重要であること。呼吸困難に対しては、鼻マスクによる非侵襲的な呼吸の補助と、人工呼吸器・気管切開による侵襲的な呼吸の補助があることなど、細かな説明が続けられた。

妻が特に苦労している嚥下の問題についても、食事形態の工夫について記してあった。この点については、私が日々の食事介助で妻の様子をうかがいながら、妻が嚥下しやすいトロミ加減を探ることには既に取り組んでいる。

また今後、飲み込みにくさがさらに進行した場合は、お腹の皮膚から胃に管を通す「胃《い》瘻《ろう》」、鼻から食道を経て胃に管を入れて流動食を補給する「経鼻胃管」、点滴による栄養補給などの方法もあるという。

「奥様の場合、嚥下機能が非常に低下している状態です。胃瘻を作るのであれば、早期に作る必要があります。経口摂取を続ける場合、誤嚥や窒息のリスクがあり、いずれ経口摂取は難しくなることが予想されます。現在は点滴をしていますが、あくまで急場をしのぐための栄養方法であり、長くはもちません。栄養が足りずにどんどん痩せてしまいます。経口摂取のみでやりくりしていくか、胃瘻や経鼻胃管で栄養を補充するかを考える必要があります。中心静脈カテーテルという方法もあります。今後の療養先（自宅、施設、療養型病院）により、できる選択肢も変わってきます」

さて大変なことになったぞと、うろたえている私に対して、C医師は、「胃瘻にするかしないか。経鼻胃管にするかしないか」の決断を求めている。そのうえ、もし胃瘻を造成するならば、年齢からしてなるべく急ぐ必要があるため、可能ならばこのまま入院を続けて造成手術を受けるよう勧めている。

これは妻の人生を左右する大問題だ。医師の立場としてはすぐに回答が欲しいのだろうが、家族・配偶者の立場としては、軽々しく答が出せる問題ではない。

ＡＬＳという病名は、かねて妻から聞いて知っていた。妻の長唄のお師匠さんのご主人がＡＬＳで亡くなっているからだ。師匠が長年ご主人の看病で苦労された話を何度も妻から聞かされている。妻は難病ＡＬＳの怖さを熟知している。自分の病名がＡＬＳだと知らされたら、妻は驚愕することだろう。妻には告知できない。では、どうするか……。

説明はさらに続く。この病気は常に進行性であり、症状が軽くなることはないこと。やがては全身の筋肉が弱り、最後は呼吸の筋肉も働かなくなって、呼吸不全で亡くなる場合が多いことなど、今後の経過についての説明が読み上げられた。

人工呼吸器を使わない場合は、個人差はあるが、発病から死亡するまでおよそ二～五年。患者ごとに経過は大きく異なり、認知症を合併する患者も増えているそうだ。

万が一、急激に呼吸状態が悪化し、容体が急変したときに、心肺蘇生行為、いわゆる延命措置を行うかどうかについても、あらかじめ相談する必要もある。

最後に、ＡＬＳは治療費について助成が受けられる特定疾患に指定されており、申請の手続きなどについて触れて、Ｃ医師の説明は終わった。

私の選択――自宅で看ます！

私は自分の胸に問うた。胃瘻手術を受ければ、妻は一時的には嚥下障害から逃れ、当面は誤嚥性肺炎のリスクから解放されるかも知れない。しかし、胃瘻手術を受けた患者の多くが、「死なない」のではなく「死ねない」状態になり、必ずしも尊厳ある生き方と両立しないケースが多いとも聞いている。

今、八十四歳の妻が胃瘻を作れば、口から食べられなくなったまま、「死ねない」状態のまま、さらに五年、十年、十五年と寝たきりで、痩せ細って、おむつをして生き続けることになるかも知れない。今、八十九歳の私が、その間ずっとそばにいてやれるであろうか。たとえ、そばにいてやれたとしても、それが果たして幸せだろうか……？　私には決して幸せだとは思えなかった。

しばらく考えた末に、私はC医師に言った。

「胃瘻の造設はせずに、明日、妻を退院させます。自然のまま、自宅で穏やかに老後を過ごさせることにします」

C医師はそれ以上強く勧めることはせず、「わかりました」と答え、「診療内容説明書」末尾の「説明を受けた方」欄に、私に署名するよう求めた。私は自分の決心を再確認する気持ちで署名し、「続柄」の欄に「夫」と書いた。

私は妻と六十四年間、連れ添ってきた。もともと明るい快活な妻と、会話を楽しんできた。その妻と、今は会話どころかコミュニケーション自体が不能だ。そのうえモノが飲み込めず、飲食の楽しみは皆無だ。

そんな妻に延命処置を施して、妻を残して私が先に死ぬわけにはいかない。妻を自宅で看て、最期までしっかり見届けよう。そう覚悟を決めた。

面談を終えて病棟面談室を出たのは十六時三十分。ちょうど一時間が経過していた。

一抹の不安が……

構音障害と嚥下障害に苦しむ妻を、最期まで自宅で過ごさせることに全力で取り組むと覚悟を決め、ただちに退院させて連れて帰ってきた。

とは言うものの、一抹の不安があった。果たしてその決意は貫徹できるだろうか。心ならずも病院にUターンさせざるを得ない事態が起こらないとも限らない。そのときにどうするか、という不安が拭い切れなかった。

ＡＬＳの母親を介護した体験記、川口有美子さんの『逝かない身体―ＡＬＳ的日常を生きる』（医学書院）を読んだ。〝最後まで穏やかに〟と念じていても、先行きどこかの時点で呼吸不全に陥ることが避けられない、と書いてあった。そのときどうするか、介護する側の決断が問われる事態のようだ。

妻は八十四歳、私は八十九歳と、二人とも高齢だ。十数年前に金婚式を祝い、結婚六十周年も過ぎ、この年の三月二十四で六十四年目に入っている。残り少ない人生だ。遠からず、どちらかが先に逝くことは想定内だ。どちらが先に逝くとしても、それまでは二人で協力し合って、健康であろうとなかろうと、和やかに暮らし、どちらも自宅で穏やかな最期を迎えたいと思っていた。

今回も、ＡＬＳの告知を受ける以前から、妻を病院で死なせたくないという強い気持ちが私にはあった。自宅へ連れて帰りたいという強い願望があった。と同時に、たとえ連れ帰ったとしても、思い描いている理想が果たされるだろうかという不安もあった。

実は私は、ＡＬＳの告知を受けた三月十七日の午前、Ｃ病院あてに紹介状を書いてくださった妻の長年のかかりつけ医、Ｉ内科クリニックのＩ先生を、私一人で、妻の診察券を持って訪ねていた。

診察室に入るや、私はＩ先生に妻が入院してからの経緯、検査の様子、診断の予想をつぶさに報告した。その時点ではまだＡＬＳの診断を受けていなかったが、思いもよらない深刻な病気の可能性を予感していて、たとえ予想外の診断を受けても、断固として妻を退院させ、自宅で看ようと覚悟を決めている旨を語った。

Ｉ先生はフムフムと黙って聞いてくれた。私は思いを語りながら、自分の覚悟を再確認し、自宅で妻を看る決意をさらに固めていた。

人間の究極の願いが「長生き」であったとしても、だからといって「ただ漫然と」長く生きるだけで本当にいいのか？　人生は「量より質」だ。寿命の長さより、人生の質（ＱＯＬ）だ。長く生きるに越したことはないけれど、もっと大切なのは、「ただ生きる」ことではなく、「よく生きる」ことではないのか？　私と妻はずっと以前から、日本尊厳死協会の会員として、この点について早くから存分に話し合っていたので、延命措置はお断りの気持ちに迷いはなかった。

私の理解はこうだ。再びウェルビーイング（身体的、心理的、社会的に満たされた状態。幸福）な人生を取り戻すための治療・手術なら意味がある。しかし、そうした人生を取り戻せる見通しがないのに、いたずらに命を長らえるためだけに行う治療・手術は延命措置だ。

延命措置をほどこすことで、これからもウェルビーイングな人生と活動が期待できるのであれば、その選択肢はありだろう。患者が三十歳代、四十歳代くらいと若いのであれば、より期待は大きいと思う。

しかし妻の場合は、不治の構音障害と嚥下障害を抱え、かつ八十四歳という高齢であることや、介助する立場の私が八十九歳と、命長らえた妻を看取り切る予測がきわめて困難だ。こうした理由から、「胃瘻の造設はやめよう。ここは自然に行こう。天から与えられた寿命に逆らうのはよそう。ジタバタせずに運命に任せよう」そう思った。

以上の結論に達した私は、「延命措置をほどこさずに退院して、自宅で介護し、できるかぎり穏やかな余生を送らせたい」という配偶者としての希望をきっぱりとC医師に伝えたのだった。

七、自宅で看るための体制づくり

介護ベッドレンタルの早技

明けて三月十八日、C病院を退院する朝が来た。非力な私だけでは心許ないと、息子と娘がわざわざ休暇を取って退院を手伝ってくれた。

退院の準備をしているベッドに看護師がやってきた。手にはスプーンと経口栄養飲料を持っている。自宅に帰ってから、嚥下障害の妻にどのように食事させればいいか、食事といっても流動性の経口栄養飲料だが、「実際に練習してみましょう」と言うのだ。

退院に先立って、ＯＪＴ（オン・ザ・ジョブ・トレーニング：実際にやってみる訓練）をしてくれるというのは、親切といえば親切、行き届いているといえば行き届いている。そう言えないこともないが、私には割り切れないものがあった。

入院するや、ただちに妻に絶食を強いておきながら、退院する日になって「食事の与え方」とは何事だ！　Ｃ医師も、点滴はあくまで急場をしのぐ栄養方法で、長くはもたないと明言したではないか！　家族に教えることができるなら、入院中にやってくれてもいいじゃないか！

看護師は、胸に渦巻く私の憤懣も知らず、ベッドに横になっている妻の上半身を起こして、にこやかに、優しく、丁寧に、スプーンを口に運ぶ演技をして見せたうえで、経口栄養飲料の与え方について記した注意書きまでくれた。

注意書きには、妻の上半身を三〇～四五度の角度に起こして、頭部は垂直に支えたうえでスプーンを口に運ぶように、と書いてあった。ところがベッドの上でこの姿勢を維持していると、少しずつお尻が前にずれて、上半身を三〇～四五度の角度に維持しきれない。あらかじめ膝の下の部分に枕かタオルを入れて高くしておくと、お尻が前にずれることを防止できるという。そんなことまで教えてくれた。そのせいか、私の気持ちは少しずつおさまってきていた。

上半身を三〇～四五度に維持する、もっといい方法はありませんかと私が訊ねると、看護師は即座に、

「上半身が起こせる介護ベッドを使うのがいいでしょう」

と答え、介護用品を扱うS商会を教えてくれた。

さっそくS商会に電話をし、電話に出たS氏に、

「実は今日、今から退院手続きをするのです」

と告げた。Ｓ氏は、

「それでは今日の夕食時からお使いになりたいのでしょうね」

と先回りして尋ね、「そうしていただければ助かるんですが……」と口ごもっている私に、

「間に合わせます」ときっぱり約束してくれた。私はＳ氏の即決力に驚いた。

Ｓ商会のＳ氏には、その後もたびたびお願いすることになるのだが、いつお願いしても即断・即決・即行動してくださり、私は毎回、Ｓ氏のそのスピード感に刮目し、安堵し、介護者としての先行き不安な気持ちを支えていただいた。

そしてこの日の夕方、妻を家に連れて帰ってきた私たちの目の前で、Ｓ氏による介護ベッドの組み立てが始まった。流れるような段取り手順で、それは瞬く間に組み上がった。Ｓ氏は組み上がったベッドについて、使い方をひと通り説明して爽やかに帰っていった。

病院と訪問診療・訪問介護の連携

Ｃ病院を退院するに当たって、経口栄養飲料の与え方について懇切に指導を受けたこと

はすでに述べた。C病院がしてくれたことはそれだけでなかった。

飲料の与え方の説明が終わると、私は別室に呼ばれ、地域連携担当（こんな部署があるんだ⁉）の看護師からこんな提案を受けた。

「退院して自宅にお帰りになると、今後は通院して受診することが難しいと思われます。そこで、ご自宅を訪問するお医者さんと看護師さんをご紹介しようと思いますが、いかがでしょうか」

私はそんなことまで期待していなかった。私が一人で、たまには息子や娘の助けを借りながら、歯を食いしばって介護するしかないと半ば諦め覚悟していた。

とっさに私は「往診」という言葉を思い出した。子どもの頃、お医者さんが看護婦さん（当時はそう呼んでいた）を連れて「往診」に来て、患者の診察を終え、「あとで薬を取りに来てください」と言いながら、家族が準備した洗面器で手を洗っている風景を懐かしく思い出した。

「往診って、まだあるんですか？　助かります。ぜひお願いします」

私はそう答えた。すると看護師は、

「それでは当方から、訪問診療としては『訪問診療M』を、また訪問看護、訪問ST、訪問リハビリとしては『訪問看護Y』を、それぞれご紹介します。よろしければこのあとさっそく連絡しておきます」

と言ってくれた。

訪問診療は医療保険制度の一環だ。ケアマネは介護保険制度の一環だ。異なる二つの制度がどのようにコラボレートしているのか？　訪問診療のドクターは、ケアマネの要請によって動くのか？　それとも、訪問診療のドクターの要請によってケアマネがケアプランを作るのか？　サービスを受けるこちらの立場からは分明でない。

制度のタテマエとしては前者のように思うが、体験的には後者のようにも思えた。しかし、終末期に近づくにしたがって、サービスの要求テンポが加速すると、そのようなタテマエにこだわっていられなくなる。

すべてが終わった今、振り返ってみると、両者のどちらというよりは、私の場合は、渾然一体となって、訪問看護のナースがリーダーシップをとってくれていた印象が強い。制度の建前より、制度にかかわる人間関係の問題のように思う。

妻が退院した翌日、翌々日の私の日記をご披露する。

三月十九日（木）　昨夜、初めて別室に寝かせた妻が気になって、夜中に何度も目覚めたので眠い。C病院の看護師の手配により、訪問診療M、訪問看護Yから、相次いで日程調整の電話がある。十五時、ケアマネさんが来て、今後の打ち合わせ。妻が楽しみにしていた通所リハが、次週月曜日（二十三日）から復活できることに。

結婚以来、妻と別室で寝たことはなかった。

三月二十日（金）　今日は妻とゆったり過ごす。（病名を告げていないので）とんでもない難病を背負い込んでしまったという意識が、どこまで妻にあるのかないのか。絶えまなく「ふうふう」と息づかいしながらも、これからのことは安心し切って私に任せてくれている様子。昨夜、粗相したらしいので、今夜、さりげなく紙パンツを勧めたら、素直に身に着けて寝てくれた。

通所リハビリの再開

いよいよ明朝、三月二十三日（月）から通所リハを再開するので、入院中の経緯をNさんに理解してもらうべく、レターをしたためた。

三月二十二日　夜

Nさまのせっかくのご配慮にもかかわらず、心が進まないままに三月九日（月）にC病院に入院し、きびしい検査の連続に悲鳴を上げながら、三月十八日（水）に退院しました。前後十日間の入院でした。

退院の前日に脳神経内科の担当医に呼ばれ、診断結果はALSと告げられました。そのうえで、嚥下障害の対策として引き続き入院して胃瘻を造設してはどうかと提案されました。

これに対して私は、私自身ももう歳であり、妻ももう十分に生きたと思うので、この期に及んで延命措置を施したくないこと、これからの余生をせいぜい穏やかにゆったり過ごさせたいこと、そのために寿命を縮める結果になっても、それは天命と諦めること等々を回答し、即刻の退院を訴えました。この選択については、私の息子と娘も賛同してくれています。

とは申せ、十日間の入院により、妻の歩行機能は落ち、表情もやや乏しくなったように感じます。なかでも嚥下機能は格段に落ちました。入院中は誤嚥の恐れありという理由で経口摂取をストップされ、すべて点滴で過ごしたからです。

退院後は、退院に当たってC病院からいただいたアドバイスに従って、急遽導入した介護用のリクライニングベッドで、上体を四五度に傾け、顎が上に向かないように調整して経口摂取を再開しましたところ、幸いにしてその姿勢であれば「ゴックン」がうまくいくようでした。

しかし、妻は、「食事するためにベッドから出るのならわかるが、食事をするためにわざわざベッドに入るのは嫌だ」というのです。たしかに妻の言うとおりです。その気持ちもよくわかりますので、ベッドでの食事はやめ、食卓の椅子に座らせて、腰にクッションを当てて上体を四五度に倒し、顎が上に向かないように注視しながら食事を口に運ぶようにしています。

私の乏しい工夫ですが、朝食にはカステラを牛乳でほぐし、かるく火を通して柔らかくしたものは比較的容易に食べてくれます。それにトマトジュースを添えてビタミンCを補っています。

入院中の十日間、私はC病院に連日通い、退院後も妻の三度の食事メニューを考え、食事介助をするうちに、私自身の食欲が落ち、寝不足にもなり、疲労困憊し、体重が十キロ落ちました。
そのような中で、通所リハHへの妻の通所再開は、私にとっても願ってもない救いです。どうぞよろしくお願いいたします。

こうした私からの度重なるレターに対して、Nさんは努めてレターで応えてくれた。文章にしにくいニュアンスの連絡は電話で伝えてくれた。Nさんからのレスポンスは、いつも私の不安を和らげ、疑問を解消してくれる温かい内容だった。

地域包括ケアに支えられて

訪問診療MのM医師と、訪問看護Yの看護師Yさんが、自宅で療養する妻を担当してくれることになった。特に私はYさんの来宅を心待ちにするようになった。

来宅する都度、妻の容体は急速に低下していっているのに、Yさんは、それにたじろぐことなく、処置の仕草・手順にいたるまで手際よく進めてくれる。その言動・表情・立ち居振る舞いから、長い看護経験に裏打ちされた熟練と自信が感じ取れた。

それに加えてYさんは、介護者である私に対しても、「こうするほうがいい」「こうしなくてもいい」と、行き届いたアドバイスをくれた。

彼女が来宅してくれると、私は、「この人とつながっていれば、何があっても大丈夫」と安心感が得られるのだった。

妻が病を得たことで、私は初めて地域包括ケアのありがたみを知り、看護師Yさんをはじめとして看護や介護という世界で献身的に働いている人たちの存在を知った。妻が病気にならなければ、知らなかった世界だ。

看護や介護の世界では、自分の仕事に誇りを持ち、誠実に頑張ってやりがいを感じ、高齢社会の現実を、底辺から支えている人たちが大勢いらっしゃることを知って、目が覚める思いだった。

たとえ自宅で看る気持ちがあっても、自宅で看ることができる体制が整わなければ、いつしか挫折する。私も、妻を自宅で看る決意をした瞬間から、その不安が拭えなかった。不安を抱えたままで、エイヤッと決めた覚悟だった。

ところが決断してみると、「そうですか、わかりました。では、こうしてはいかがですか」と、いろいろ情報が提示され、先行き不安な私の目の前にいくつかの扉が次々に開かれていった。そして、あれよあれよという間に、妻を自宅で看る（看取る）体制が整っていった。これが「地域包括ケア」の醍醐味だった。

八、名残多き主治医との別れ

主治医に最後の経過報告

三月二十四日、私は妻を連れて、長年のかかりつけ医、I内科クリニックのI先生を訪ねた。自宅前からタクシーを拾って直行した。

妻にしてみれば、望まない入院をさせられ、いくつかの過酷な検査を受けさせられ、「誰か助けて!」という気持ちだったに違いない。そんな妻はきっと入院中、I先生に会いたい、I先生の温顔を見たい、I先生に慰めてもらいたい、手を差しのべてもらいたい……と思っていたに違いないと私は確信していたからだ。

それと同時に、訪問診療の体制が整い、これからは訪問診療MのM医師が妻の主治医になるので、このあたりで(妻が歩けるうちに)、長年主治医としてお世話になったI先生にお礼を申し上げ、妻の気持ちに区切りをつけさせたいという思いもあった。

I先生は循環器が専門の、かつてはB病院の医師だった。今から二十年以上前のことだ。その頃、妻は心臓に不安を抱えていて、B病院主催の循環器に関する講演会のチラシに目をとめて聞きに行った。その日に講師を務めたのがI先生だった。妻はすっかりI先生を気に入って、自宅からそれほど近くはないB病院にせっせと通い始めた。妻とI先生とはそれ以来のお馴染みだ。

二〇〇五年、横浜市が市立病院を設立したときに、B病院はその市立病院に吸収合併された。やがてI先生は他市の市民病院に移籍し、いったん妻との縁は切れた。

それでも妻は、I先生のいない市立病院で受診を続けていたが、そのうちにI先生がI内科クリニックを独立開院したことを知り、市立病院に通院しながら、I内科クリニックにもセカンドオピニオンとして通うようになった。その後、市民病院が患者をかかりつけ医に移す方針に転換した。妻は大喜びして移転先を指定し、I内科クリニックのI先生が妻のかかりつけ医として主治医に返り咲くことになった。

このような経緯で、妻は長い間ずっとI先生を追いかける形で、気心の知れた長いお付き合いを続け、今日に至っていた。

順番を待って、ようやく呼ばれて診療室に入った。今日は診察ではない。K病院の次に紹介していただいたC病院での経過報告だ。

すなわち、C病院で「ALS」の宣告を受けて退院したこと。C病院からは訪問診療を紹介され、今後は訪問診療MのM医師に診ていただくことになったこと。さらには、訪問看護YからY看護師に来ていただくことになったこと。併せて、当面週二回の通所リハHへの通所を組み合わせながら、自宅で療養することになったこと。私はこれらの経緯をつぶさに報告した。

報告しながらも私の内心は、長年お世話になったI先生とは、今日を限りに妻の主治医でなくなるのだ、今日でお別れなのだ、という感慨を抱き続けていた。だからこそ、こうしてしっかりと経緯を報告して、長年の主治医に対する患者としての礼儀を妻に尽くさせたいと思っていた。

私がこと細かに報告する間、妻はじっとI先生の顔を見つめ続けていた。

本来なら私の出る幕ではない。I先生に対する妻の思いだ。できることなら妻が一人で来て、妻の言葉で積年の感謝の言葉を申し上げてケジメをつけ、長年の主治医に対する患者としての名残を惜しむ場であってほしかった。

しかし、今やそれができない。「通訳」が必要になった妻のために、やむを得ず私が付き添い、私が妻の代弁をしているのだ。

ずいぶん長いお付き合いでしたね

私の経過報告が一段落すると、I先生は妻と私の顔を等しく見ながらこうおっしゃった。

「ずいぶんと長いお付き合いでしたね。いつお見えになっても、長唄のお話や戦争のときの学童疎開のお話など、その時々にあれこれ気さくにお喋りしてくださる青木さんでしたのにねえ。診察を忘れて話し込むこともあったりしてねえ。考えられませんよ、声が出なくなるなんて……」

先生は、私から視線を外して妻の目をじっと見る。妻も言葉にならない気持ちを「うー、うー」と発声しながら、先生の視線に食い入るように応える。先生はそんな妻に、

「これからもお大事になさってくださいね」

と労わりの言葉をかけた。妻は嬉しそうに何度もうなずく。といっても、顎の筋肉がゆるみ、締まりのない口で「うー、うー」と発声するのが精一杯だし、すでに笑顔を作るための筋力も失われていて、微笑むことさえできなくなっている。

「だいぶ嚥下のほうも難しくなったようですね。もしご希望なら、何種類か栄養を補給す

る飲料がありますが……」

Ｉ先生はそう言って、何種類かの経口栄養飲料のサンプルを看護師に持ってこさせた。

嚥下障害には脱水と低栄養がつきものなので、少しでも栄養価の高いものを摂らせたいと思った私は、どれにしようかと迷った末に、「せっかくですから、ではこれをいただきます」と言って、そのうちの一種類を選んだ。

長いお付き合いが今日で終わりとなると思うと、名残が尽きない。妻の思いはきっと私より強く、Ｉ先生とのお付き合いが終わってほしくないとさえ思っているに違いない。

最後に、私から先生に確認した。

「ご紹介いただいたＣ病院のほうも、一週間後の三十日にもう一度、最後の診察と申しますか、担当医が転勤される最後の日に、お礼かたがたもう一度受診して、その日をもってＣ病院とも切れます。そのあとは、Ｃ病院からご紹介いただいた訪問診療ＭのＭ先生とおっしゃる医師には、まだお目にかかってはいませんが、このＭ医師の診療を受ける予定です。となりますと、Ｉ先生には長年にわたって妻のために主治医としていろいろお世話になって参りましたが、これからはＩ先生は妻の主治医ということではなく、その訪問診療のＭ先生が妻の主治医になる、ということでしょうか？」

私はわかり切っていることを敢えて言葉にした。それはI先生への質問の形を借りながら、妻に気持ちの区切りをつけてほしかったからだ。そう言い終えて、妻の顔を見た。I先生とのご縁が切れることに、溢れんばかりの淋しく切ない思いが妻の胸の中で渦巻いている。そのことが、すでに敏感には動かなくなってしまった妻の表情の内側に見て取れた。

もう終わりなの？　会えないの？

I先生は妻の気持ちを慮ってか、こうおっしゃってくれた。

「誰が青木さんの主治医かとなりますと、そういうことになりますが、それはそれとして、青木さんからのご要望があれば、私はいつでも青木さんのお宅に参りますよ。長いお付き合いで、青木さんのお気持ちも十分に理解しているつもりですし、青木さんのお宅は、私の自宅からこのクリニックに来る途中にありますから、行こうと思えば簡単です」

妻は耳をそばだてて聞いていた。いつもの妻ならそこで、「ぜひ、そのようにお願いします」とか、「長いお付き合いで、気心もわかっていただいていますものねえ」と口を挟むところだったろう。今は、動かなくなった表情の裏側で、そう懇願したい気持ちをなんとか伝えたい、どうすれば伝わるだろうかと、もどかしさを仕草にただよわせながら、訴えかけるような眼差しで、食い入るようにI先生を見つめていた。

「そう言っていただけて、私も妻もとても安心しました。先生とこうして気持ちがつながっているだけでも、妻はとても安心していると思います」

私が妻を見ると、妻は同感に満ちた目で私の目にうなずきを返した。

そろそろ潮時だと感じた私は、

「では、長居しました。診察も受けずに申し訳ありません。この辺で失礼いたします。本当に長い間お世話になり、ありがとうございました」

と言って腰を上げ、妻にも退出を促した。

妻は歩行補助器につかまりながら、よろよろと立ち上がり、診察室の外側からドアを開けて待っている私に従ったが、その間も何度も振り返り、さらに何かもの言いたげな眼差しをI先生から離さなかった。

本当なら、ここで妻はI先生から受けた長年にわたる数々の心遣いに自分の言葉でお礼を述べたうえで、自分の息子ほどの年齢のI先生の健康を気遣い、楽しかった語らいの思い出話をまくし立てたことだろう。

発音・発声が不自由な今、その思い出をシェアすることも、感謝の言葉を申し述べることもかなわず、溢れんばかりの思いを、ただ眼差しに込めることしか許されない。その無念さ、悲しさ、もどかしさを感じながら、妻はI先生に万感の思いをまなざしに込めて投げかけていた。それが今の妻の精一杯の別れの挨拶だった。

外に出て、処方された経口栄養飲料を受け取るために、クリニックの階下の薬局に行った。そこでソファに腰を下ろすや、妻は筆談ボードを取り出し、「もう終わりなの？　もう会えないの？」と書いて私に見せた。妻は先ほどのI先生との別れをまだ信じたくないのだ。長年、メンタル面でも支えてくださったI先生との出会いから今日までの日々を思い出し、別れ難い気持ちを露わにしていた。

私は短く、「そうなるかもね」とだけ答えるのが、やっとだった。

九、自宅で看る覚悟

子どもたちとのコンセンサス

妻を自宅へ連れ帰って自宅で看るという私の気持ちは、あらかじめ息子と娘にも伝えてあった。

退院の時点での決意がいかに固くても、いつまでも私の体力・筋力がそれを許すとは限らない。椅子から立ち上がろうとする妻を介助することはなんとかできても、フロアに座っている妻を立ち上がらせることは、今の私の体力・筋力では不可能だ。

あとで詳しく述べるが、実際、妻のトイレ介助をしようとして、抱きかかえたまま廊下に倒れ込んでしまったとき、同じマンションの別階に住む娘にヘルプの電話をかけようとしても、妻の下敷きになってしまった私自身が、妻の体重の下から抜け出すことさえ困難だった。いわんや娘が駆けつけてくるまでの間に、廊下に仰向けに倒れている妻をなんとか抱き起こそうと何回も試みたが、それも全然できなかった。

これからもそういう事態が想定されるため、今回、決断するに当たって、「お母さんを自宅で介護するような事態になるかも知れないが、何か意見やアドバイスはないか」と息子と娘に訊ね、あらかじめ理解を求めておく必要があった。

生身の人間を看るのが介護だ。介護される側だけでなく、介護する側にも、予想外のことが起きる可能性が大いにある。そんなとき、「だから言ったでしょ」とか、「そんなの無理だと思ってた」と言われてしまったのでは、覚悟が折れて行き詰まってしまう。そうなったら、介護する私だけでなく、当の妻を可哀想な目にあわせてしまうことになる。

今回、息子も娘も、「お父さんの思うようにやれば。私たちは必要なときに手伝うから」と言ってくれた。そのおかげで、私は自分の気持ちと覚悟を貫くことができたのだ。


退院しても、寝室が狭いので、今までのベッドに並べてもう一台、介護ベッドを置くことはできない。やむを得ず、介護ベッドはリビングに置くことになった。こうして、妻はリビングに寝て、私はこれまでどおり寝室に寝ることになったのだが、結婚して六十四年間、妻と私は別室で寝たことがない。しかも別室だと、構音障害の妻は用があっても私を呼べないし、嚥下障害で咳き込むことがあっても気づいてやれない。

私は別室で寝ている妻の様子が心配で気になって熟睡できず、二、三時間おきに目が覚め、そっとリビングの妻に近寄っては、無事に寝ているかどうか寝息をうかがったりした。

そんなことを数日続けてはみたが、耐え切れなくなった私は、別室に寝るのを諦めて、リビングの妻のベッドの足元に毛布を敷いて寝ることにした。板の間だから背中が痛くて熟睡できないことに変わりはなかったが、夜中にたびたび必要になる妻の体位変更、水分補給、トイレなどの要求には気配を感じて応えることができるようになった。

嚥下困難と食事介助

①食事の工夫

これまで料理はほとんど妻任せで、私は朝にコーヒーを淹れたり、パンをトーストしたり、お昼にカップラーメンに熱湯を注ぐことぐらいしかしていなかった。そこに突然、降って湧いたように嚥下困難になった妻に、いったい何を食べさせるか考えなければならなくなった私は途方に暮れた。

結局は介護用品を扱うドラッグストアに行って、陳列棚から何種類かの介護食を買ってきて、毎朝、毎昼、毎夕、その中の一つか二つを選び、温めたり、お湯や牛乳で緩めたり、トロミをつけたりして、スプーンで妻の口に運ぶぐらいのことしかできなかった。

土日は、娘が私の代わりを務めてくれるようになった。娘はブレンダーを使って野菜や肉を妻が食べやすいように調理した。それを見て、そんなことさえ思いつかなかった自分をしみじみ不甲斐なく思った。

娘は「せっかく手をかけて作っても、思うように食べてくれない」と悲しがった。そう言いながらも、土日になると懸命にブレンダーと格闘してくれた。

そのような娘の苦労・工夫にもかかわらず、妻の嚥下能力はどんどん落ちていき、昨日は食べられたものが、今日はもう飲み込めなくなった。食欲も日に日に下がっていく。

並行して全身の筋力が弱っていき、特に腕の力の衰えが目立った。昨日は、「美味しかった？」と訊くと、右手でマルを作って「美味しい」と教えてくれたのに、今日はもうマルができなくなった。

拒否の気持ちは、両手の人差し指でバッテンを作って見せてくれたのに、日に日に両の手が思うように動かせなくなり、指を立てるのがやっとで、指が交差しなくなった。

これほどまでに急激に嚥下能力や筋肉が落ちていくとは考えてもいなかった。予想外のスピードだ。私は妻に何をつくり、何を食べたか食べられなかったか、メモを始めた。しかし、妻の嚥下力の衰えのスピードが速く、三日前に食べたからと言って、今日食べられるという保証はなかった。

②食事介助の仕方

嚥下には舌の動きがおおいに影響する。モノを飲み込むとき、これほどまでに繊細に微妙に舌を動かすものなのかと、妻の嚥下障害に遭遇して初めて知った。

素人の私の理解だから間違っているかも知れないが、嚥下動作を分解すると、次のような作業の連鎖というか組み合わせになる。

舌の側面を使って、口腔内に散らばった食べ物・飲み物を舌の中央部にまとめ整える。舌頭を使って、食べ物・飲み物を口腔の奥へ送り込む。舌奥を使って、整えた食べ物・飲み物を食道の入り口まで移動させる。舌根を使ってゴックンと、食べ物・飲み物を食道へ送り込む。その瞬間、気管の入り口が塞がれる。

健常者の私たちは、これらの数々の複雑な動きを、ことさら考えることもなく、無意識のうちに、ほとんど瞬時に、スムーズに順序良く行っている。

ところが、妻の舌は動かない。自分の意思で動かすことができない。私がべーッと舌を出して見せても妻はそれを真似できない。したくても舌を左右に動かすことも、唇の外へ出すことすらできなくなっていて、いかにも無念そうなまなざしを見せるのだ。

もちろん、食べ物を舌の側面で整える、舌頭で送り込む、舌奥で移動させる、舌根でゴックン、といった動作を命じる神経の機能すべてが、すでに失われてしまっている。

食事介助は、C病院で教えられたとおり、電動ベッドで上半身を三〇～四五度に起こし、食事（と言っても流動食）をスプーンに取り、「アーン」と言いながら妻の口を開けさせ、タイミングよく舌の上にのせる。そして、唇を閉じさせ、少し顎を上げ気味にすると、食べ物が重力によって舌奥に徐々に移動する。食べ物が喉に達する直前に顎を引かせる。少し上げ気味だった顎を、下げ気味にするのだ。そして大きな声で「ゴックン」と言う。妻が言うのではない。介助している私が言うのだ。

顎を引かせるタイミングが少しでも遅れると、食べ物が気管の入り口近くに達してしまい、激しくむせる。妻がむせないためにはこの間合いが大切だ。熟練が必要だ。

そこまでの一連の流れがスムーズだと、妻は上手に嚥下してくれる。上手に嚥下してくれたかどうかは、妻の喉の筋肉の動きを見て判断する。

③「もっと食べて」は禁句

妻のひと口は、口が開かないから大きなスプーンは無理だ。中スプーンでも、たくさんすくえば、舌の上にのせたときに唇からこぼれ出してしまうか、舌奥でむせ返ってしまう。中スプーンに半分ぐらいがせいぜいだ。

このような気遣いをしながら、「アーン」から「ゴックン」までをくり返すうちに、妻が疲れてくる。妻にとっては「アーン」も「ゴックン」も重労働なのだ。食事時間は三十分間が限界だろうか。三十分以内に済ませないと、妻は疲れ果ててしまう。

健常者はご飯一膳を何口で食べるだろうか。頬張れば数口、上品に食べれば十数口かも知れない。妻が「アーン」から「ゴックン」までを何度もくり返しながら三十分近くもの時間をかけて食べる量は、健常者ならほとんど無意識でパクっとひと口だろう。

食事を始めて三十分間ほど経つと、妻は疲労困憊して「もう結構」どころか、「もう勘弁して」という仕草を示す。用意した食事は半分も減っていないのに。

介助に慣れないうちは、「まだこれだけしか食べていないじゃないの」「もう少し食べないと、栄養が不足しちゃうよ」などと言いながら、私は疲れた妻に無理に食べさせようとしていた。

しかし、やがて気がついた。胃瘻の造設を断って自宅に連れ帰ってきたのは、妻の体調や寿命に人工的な作為を加えないためではなかったのか。それならば、「もう要らない」と言っている妻に無理やり食べさせることは、大げさに言えば、延命措置を加えていることに他ならないではないか、と。

そう気がついてからは、私は妻に、もっと食べることを促すような言葉を言わないことにした。食べたくないのは、身体が拒否しているからかも知れない。疲労で悲鳴をあげている証左かも知れない。そのために妻の体重が減り、痩せ細っても、今となっては致し方ない。それが自然なのだ。妻の身体が欲していないのなら、それに従おう。

それを称して「自然死」というのか、「老衰死」というのか、「平穏死」というのか、適当な言葉は思いつかないが、人智を超える大きな力に逆らわずに、ありのままに生きて、やがて平穏に死ぬことには違いない。そう悟ったとたん、焦る気持ちがなくなった。近い別れを覚悟した。気持ちが楽になった。

マルとバツのコミュニケーション

①筆談／指サイン

夫婦なら、必要事項を相手に伝えるだけでなく、心に浮かんだちょっとした思いを何気なく口にしたり、相手に同感を求めたりするのはよくあることだ。そして、そうした相手の気持ちを受けて、「そうなんだよね」と返したりする。静かに穏やかに、「こんなこと、ありましたねえ」「そうだったねえ」といったさりげない呟きの交換がたくさんある。

ところが、妻はそれができないのだ。何も言えないのだ。

私たちは「会話のない夫婦」になってしまったのか。いや、そうではない。「会話がない」のではなく、「会話したいのにできない」のだ。

いつだったか忘れたが、まだ字を書く力が残っていたとき、妻が筆談ボードに「あなたとお話がしたい」と書いて涙ぐんで見せてくれたことがあった。

伝えたいことが「伝えられない」妻のもどかしさ、苦しさ。伝えたいことが「伝わらない」妻の悲しさ、切なさが、もはや意のままには動けなくなった妻の身振りから伝わってくる。

「会話のない夫婦」になってしまって淋しいのではなく、「会話がしたいのにできない」妻が憐れで、それを目のあたりにしていると、ついこちらまで涙ぐんでしまう。

私から妻に語りかけることはできる。妻の耳は確かだし、理解力も問題ない。ただ、私から妻に語りかける場合も、世の中の常識とは真逆で、オープンクエスチョンは禁物だ。「あれがいい？ それともこれがいい？ どれがいいの？」とオープンクエスチョンで訊いても、妻は答えられない。

世の中の常識では、ＹＥＳかＮＯかで答えるクローズドクエスチョンをくり返すと、訊問口調になりがちなので、なるべく避けましょう。オープンクエスチョンを心がけましょうと言われている。しかし、私たち夫婦の場合はクローズドクエスチョン一本槍だ。

妻は発声が不自由になるにしたがって、当初はさかんにメモを使った。使い終わったカレンダーを小さく切ったメモにサッと何かを書いて私に差し出す。これが妻の常套手段になった。やがてこの方法さえ、できなくなった。

とっさの意思表示には、指サインを使った。たとえば「トイレに行きたい？」と聞くと、右手の親指と人差し指でマルを作って見せた。ＹＥＳのサインだ。右手の人差し指と左手の人差し指を交差させたときはＮＯのサインだ。

徐々に顔の表情表現が乏しくなり、ほとんど無表情に近い妻が、右手をちょっと上げて、指でマルを作ったり、両手の人差し指でバツを表したりすると、まだ言葉が話せない幼女の仕草を連想させた。妻自身は、やるせない気持ちだろうけれど、私から見るととても可愛らしく見えた。

②マルかバツか

そうは言うものの、一般のコミュニケーションの中で、自分の気持ちを表明する場合、ＹＥＳかＮＯのいずれかで答えられるものばかりではない。マルバツ式の試験問題を除けば、ＹＥＳかＮＯかでは答えられないもののほうが多いだろう。

仮にＹＥＳを白、ＮＯを黒とした場合、限りなく白に近いが、さりとて白とは言い切れないとか、黒に近いが黒と断定できないなど、白でもなく黒でもない感情表現をしたい場合はいくらでもある。

率直なところ私の経験知を言うならば、人間の好みというか感じ方は、きっぱりした肯定は一割未満、はっきりした否定も一割未満で、残りの八割以上は、ＹＥＳともＮＯとも言い切れないものが多いように思う。そのくらい感情のニュアンスには濃淡があるように思える。

そうしたニュアンスの濃淡を言葉にすると、「どちらでもいい」「どちらとも言えない」「まあそんなものかな」「まあね」「そう言われても困るよ」「そんなに決めつけないでほしい」などとなる。

そのくらいに曖昧なニュアンスを含んだ様々な気持ちを表現する手段として、マル・バツだけでは不適切で不十分だ。それなのに、妻にはマルとバツの二つしか与えられていないのだ。

妻は感情のニュアンスの濃淡を表現する手段を奪われている。これは気の毒を通り越して惨いかぎりだ。そんな過酷な境遇に置かれている妻は、もどかしい気持ちを抱えながらも、必死で私や娘に応えようとしてくれている。

思うように気持ちが通じないために、いらいらすることもあるだろうが、妻が癇癪を起こしてベッドを叩くようなことは、数ヵ月の介護期間中ただの一回もなかった。私たちも心がけていたが、妻も努めて穏やかであるよう心がけていたに違いない。

そのような妻の必死さを噛みしめるとき、そのいじらしさ、切なさが、ときおりドンと伝わってきて、つい堪え切れなくなり、急に何かを思いついたようなふりをして、その場を離れ、自分が涙目になったことを妻から隠したりした。

妻の場合、顔の筋肉だけではない。腕の筋肉も同様に少しずつ萎縮しているのだろう。日が経つにつれて、マルを作って見せているはずの右手の親指の先端と人差し指の先端がくっ付かなくなってきた。妻はマルを作っているつもりだろうが、私にはUの字にしか見えなくなってきた。

バツもそうだ。腕を上げたり移動させたりができなくなってきたため、右手の人差し指と左手の人差し指が交差しなくなった。やがて右腕も左腕も思いのままに動かなくなり、両腕を動かそうとしている気配が感じられるだけ、両の人差し指がわずかに動くだけになった。

妻は懸命にYESかNOかを意思表示しようとしているのに、自分の気持ちをうまく伝えられないのだ。おそらく妻は心の中で、「じれったいなあ」「なんとかならないかなあ」「わかってくれないかなあ」と切歯扼腕していたに違いないのだ。

妻の前で食事をするつらさ

妻に何を食べてもらうか。どうすれば少しでも余計に食べてくれるだろうか。四六時中そんなことをいろいろ考えていても、いざ食事のときになって、懸命に「アーン」「ゴックン」をくり返していると、そのうちに妻が疲れてしまう。

娘は、妻の介護にかかり切りになっている私の健康を心配して、何度も半休を取って手伝ってくれた。たまたま新型コロナウィルスの感染が広がり、娘の勤務先が在宅勤務を推奨し始めたおかげで、会社でお昼まで働いて帰る半休（年次休暇を半日分だけ取得すること）が取りやすい職場環境になったことが幸いした。

半休を取った日の夕方は、娘は食材を見繕って持参し、なにくれとなく手伝ってくれた。妻に食べさせる食事づくり、妻の食事介助（経口摂取介助）、掃除や洗濯を済ませて、私の夕食づくりまでしてくれた。そして何よりもありがたかったのは、私と夕食を共にしてくれたことだ。

私は長年、脊椎管狭窄症を患っていて、中腰になると腰が痛む。そのため妻の食事介助

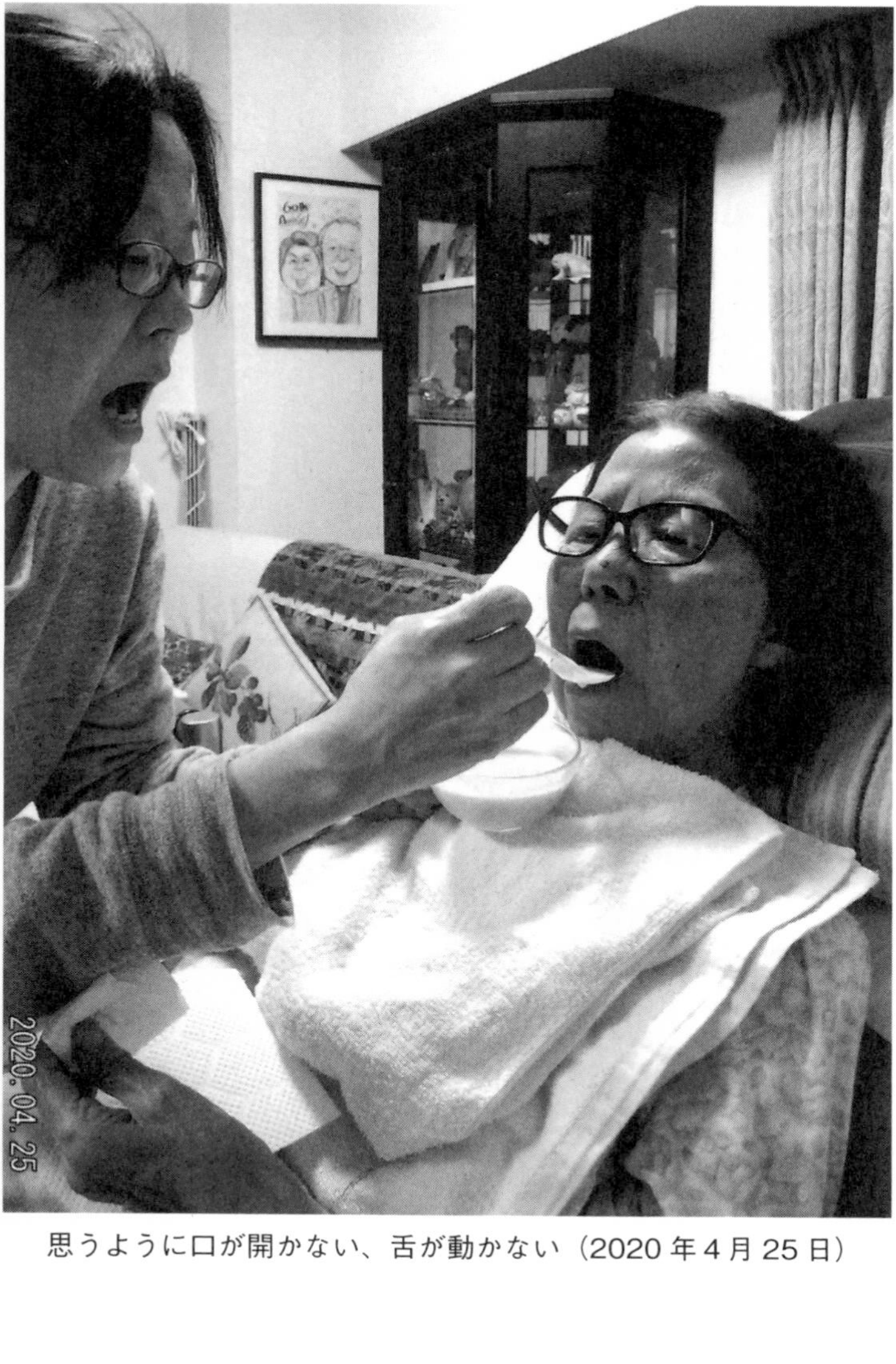

思うように口が開かない、舌が動かない（2020 年 4 月 25 日）

をするときも、つらくて中腰の姿勢を保っていられないので、椅子に座らなければならない。それを知ってか娘は、妻の食事の準備ができると、さっさと妻のベッドの上半身を四五度に立て、「アーン」「アーン」と言いながら妻の口にスプーンを運んでくれた。こうして食事介助をしてくれたあとは、私のための夕食をこしらえてくれた。

普段、妻の食事が済むと次は自分が食べる番だが、妻の視野の中でパクパク食べるのは憚られる。毎回そういう思いをくり返していると、ついうっかり自分の食事のことを失念してしまうことがあった。「あれっ? 食べるのを忘れてしまったか」「朝は(お昼は)食べなかったっけ?」ということがたびたびだった。

食べるときも、私だけのときは、ベッドに寝ている妻の視線を避けて、台所の電子レンジの陰に座り、妻から私の顔が見えないようにして、音も立てないようにして食べていた。しかし、娘と二人で食べるスペースは台所にはない。「何も悪いことをするわけじゃないし、隠れてコソコソ食べるのは嫌だ」と娘は言う。結局、妻のベッドの足の方向に丸テーブルを置いて、娘と向き合って食べることになった。

ベッドの足元だから、私たちが食べている姿は、妻からよく見える。思うように食事がとれず、おそらくお腹が満たされていないどころか飢餓に悩まされているであろう妻の視線の中で食事をするのは、見られる私も切ないが、見ている妻もおそらくそれ以上に切ないに違いない。

妻は、何の障害もなく食事を口に運ぶ私の仕草をジーッと見つめている。妻の視線を感じた私が、「普通に食べることができてゴメンね」という思いで視線を返すと、妻はそれまでこちらを凝視していた視線をフッと外す。このくり返しだった。

妻がどのような思いで私を見つめ、どのような気持ちで視線を逸らすのか。私にしてみれば、そのような妻の視線が何ともつらい。

「おいしそうだなあ」「食べられていいなあ」「私はなぜ食べられなくなったんだろう」「いつになったら治るんだろう」「悔しいなあ」「悲しいなあ」などと、妻の気持ちをあれこれ忖度してみるが、この中のどれだろう？　もしかしたら、「つい、じっと見つめてごめんね」と言っているようにも思える。それ以外のもっと深い悲しみだったかも知れない。しかし、妻は何も言わなかった。何も言えなかった。だから、今もってわからない。どのような思いで見つめていたのか、何も教えてはくれないまま、逝ってしまった。

十、もう立てない、歩けない

八十九歳の介護力

①つかまり柱の設置

四月一日、通所リハHに出かける朝、玄関で妻に靴を履かせるため、私が屈もうとして、抱えていた妻からちょっと手を離したとたん、妻がふらついてストンと尻もちをつき、座り込んでしまった。

上がり框の高さは一三センチ。痛くはなかったようだが、座り込んでしまった妻を抱き起こす力は、情けないかな私にはもうない。もちろん妻は自力で立てない。やむを得ず妻をそこに残したまま､急いでマンションの管理員さんを呼んできて抱き起こしてもらった。

その前日も、テレビが観たいと言う妻をソファに座らせ、私が別室に離れて間もなく、ただならぬ妻の気配に気づいた。慌てて戻ったら、お尻をフロアに落とし、上体をソファにのけ反らせて苦しそうにもがいていた。

ソファに座っているうちに徐々に腰が前にずれ、ついにお尻がソファから滑り落ちてしまったのだろう。反り返った上体を自力で起こす力がなくなっていたのだ。

これまでの妻は、壁やドアの把手につかまりながらでも、なんとかトイレまで行けていたが、それも徐々におぼつかなくなってきた。そこでS商会のS氏に、つかまり柱の設置をお願いした。

翌日の四月三日、さっそくS氏がベッドからトイレまでの廊下の要所要所に、計七本の柱を設置してくれた。

ベッドから立ち上がって、片手を離して次につかまるキッチンの角に左手用一本。次に、洗面所の入り口右側に右手用一本。次に、キッチンの入り口右側に左手用一本。次に、洗面所の入り口左側に右手用一本。次に、トイレの入り口の右側に左手用一本。これで五本だ。さらには、玄関の入り口に一本と、上がり框のところに一本。都合七本設置してもらった。

さして広くもないわが家に、つかまり柱が林立し、つい昨年の五月に妻と旅したばかりの京都の嵐山の竹林風景を思い出させるようだった。

この柱のおかげで、日中も何度か、夜間も朝までの何度か、妻のトイレサインのたびに「よいしょ!」と立たせ、私が付き添って、「はい、次はその柱につかまってね。そうしたら、その次はこの柱だよ」と、柱に向かって一本ずつ片手で誘導しながら、もう片方の手はふらつく妻の膝に注意しながら、座り込ませないように十全に神経を集中させて支えつつ、トイレとベッドを往復した。

四月六日、伝い歩きするには少々手が届きかねる箇所に、つかまり柱をもう一本、増設をお願いした。このときもS商会のS氏はただちに希望を叶えてくれた。

四月七日、新型コロナの非常事態宣言の日。S氏はさらにもう一本、つかまり柱を増設してくれた。

「そうですよね。ここにもう一本あったほうが、いいかもしれませんね」

と、日々衰えていく妻の体調に合わせて、小刻みにオーダーを追加する当方を恐縮させまいと、S氏は嫌な顔も見せずに要求に応じてくれた。

②車椅子をレンタル

妻は腿と脛の筋肉が弱ってついに立てなくなった。介助して立たせても、グニャッと膝が折れてしまう。せっかく家中につかまり柱を設置してもらったけれど、その柱につかまりながら自力で伝い歩きをすることすら、そろそろできなくなってきた。

妻はまだ元気だったずっと以前から、長唄のお稽古に行くときに譜本を入れたり、デパートに買い物に行ったりするときに、キャリーバッグを愛用し、常にこれを身体の右側に携えてコロコロと転がしながら外出していた。

少し足元がおぼつかなくなってきたと感じ始めた頃、二〇一九年の秋口に、近くの郵便局の裏で転び、暮れにマンションのガレージの傾斜で転び、そして、前述したように二〇二〇年一月七日に自宅マンションの向かいのスーパーの前で転倒した。続けて三度も転んだ経緯があったので、妻の検査入院退院後は、もうキャリーバッグをやめてくれるようにお願いし、S商会のS氏に歩行補助器を持ってきてほしいと依頼した。

妻は、当初はキャリーバッグにこだわり、歩行補助器で通所リハHに行くのを嫌がった。しかし、「また転んで、骨折でもしたら、それこそ寝たきりになるかも知れないよ」と強くお願いし、ようやく聞き入れてもらった。

妻自身も、だいぶ足が弱ってきているので、歩行補助器のほうが安全だとわかっているのだが、体裁にこだわる性格は母親ゆずりなのだ。

歩行補助器はすぐに届いたが、実際に使ってみると、どうしても右へ右へと曲がってしまい、まっすぐ前に歩けなくて困った。長年、常に右側にキャリーバッグを転がしながら、重心を右にして歩いていたためか、妻の上体が右に傾いてしまっているのだ。

数歩歩くだけで歩行補助器が道路右側の縁石にぶつかってしまい、自分では方向修正できないので、その都度、私が歩行補助器の向きを変えてやらなければならない。この傾向はついに改まらなかった。

しかし、外出しないとますます足が弱ると思い、なるべく外に出ることを心がけた。必ず私が同行し、頻繁に歩行補助器の向きを変えながら歩いた。出かける先は近くの公園までがせいぜいだった。

三月三日、うららかな日差しに誘われ、２ブロック先のスーパーまで歩いてショッピングを試みることにした。数分の距離だが、妻にとっては久々の「遠出」だ。歩行補助器につかまりながら懸命に歩いてくれた。

妻は久しぶりのショッピングに、目を輝かせて商品を選んだ。自分は食べられないとわかっていながら、「あなたに」という仕草を見せては楽しそうに商品を選んだ。

ショッピングを終えた妻の顔はすっかり満足気だったが、スーパーからの帰途は、さすがに疲労を覚えたようで、歩行補助器につかまる両の二の腕が疲れたと、道端に腰を下ろしてひと休みした。

四月三日につかまり柱を設置してもらうのと同時に、車椅子も届けてもらっていた。ついに車椅子を導入する日が来てしまったのだ。

それから数日後、足がかなり衰え、家の中での歩行さえもおぼつかなくなった。歩行補助器で外を歩くこともなくなり、こうして車椅子へ替わったのだった。数日前のショッピングが、妻にとって自分の足で歩いた最後の買い物になった。

③息子と娘の協力

四月十二日、妻は自力でトイレの便座に座ったり立ったりすることが困難になってきた。

四月十三日の朝、息子が自発的に来てくれた。早めに家を出て、出勤途中でわが家に立ち寄り、通所リハHに出かける妻の、車椅子への移乗、お迎えバスへの送り出しを手伝ってくれた。バスを見送ったあと、息子は勤務先に急いだ。

この日、息子は再度夕方にも来て、通所リハHから帰ってきた妻を車椅子で出迎え、着替えとベッドへの移動を手伝ってくれた。

娘も「今週は半休を取ったから」と言って午後に来て、息子とともに手伝ってくれた。

四月十五日も息子が来て、朝の出発を手伝ってくれた。通所は月・水・金の週三回だ。家族総力体制が自然に始まった。通所リハからの帰宅時は娘が半休を取って、夕刻の出迎え、着替え、ベッドへの移動を手伝ってくれた。

通所リハHがある日もない日も、妻のトイレは、深夜四時、朝八時、十三時、十六時、二十時と頻繁だ。通所の日の朝夕は子どもたちが手伝ってくれるが、それ以外は私と妻だけの孤独な格闘だ。

四月十七日の朝も息子が来て、妻の着替え、車椅子への移乗、お迎えバスへの送り出しを手伝ってくれた。夕刻は娘が来てくれた。

四月十八日には、妻の衰えがますます進んできた。娘が休暇を取って終日手伝ってくれた。たまたま新型コロナの関係で、多くの企業が在宅勤務を進めていたため、娘はその間隙を縫って手伝ってくれたようだ。

コロナによる世間の自粛ムード、職場の在宅勤務の推奨のおかげで、まだ現役の息子と娘が手伝いに来てくれる余裕ができて、八十九歳のおぼつかない介護力を支えてくれた。

コロナのおかげで私は大助かりだった。（……などと書くと、世間から叱られるだろうか）

レスパイト入院 ――私の場合

①レスパイトケアの主旨

「レスパイト」とは、英語の respite のカタカナ表記だ。日本語にすると「一時中断」「小休止」「息抜き」などの意味になる。

介護の場面では、「レスパイトケア」という言葉がよく使われる。介護している側の人が疲れ果てて行き詰まってしまわないうちに、介護の現場から介護者を一時的に隔離して休息させることだ。

レスパイトケアの方法の一つとして「レスパイト入院（ショートステイ）」がある。介護されている人を一時的に入院させて、その間、介護者にしばしの休息を与えるものだ。

しかし、「レスパイトケア＝レスパイト入院」ということではない。レスパイトケアにはその他にもいくつかの方法がある。

平日は介護に参加できない人が、週末に交代して介護に参加し、主たる介護者に休息を提供することも「レスパイトケア」だ。

デイサービスや訪問介護、ショートステイなどのサービスを利用することも含めて、いろいろなレスパイトケアが考えられる。

四月八日、通所リハHから帰宅した妻は、疲れ果てたのか、それとも衰えがさらに進行したのか、椅子から立ち上がることさえできず、くたくたの状態になっていた。

夕刻、訪問診療のS医師が往診に来宅し、そんな妻を介助している私の様子を見て、「このままではご主人が潰れてしまいます」と、レスパイト入院を提案された。

四月九日、夜中にトイレに連れていくときの妻の足元が、これまで以上におぼつかなくなっていた。私もここまで衰えが進んだ妻を一人で介助・介護する自信が怪しくなりかけた。そこで、昨日のS医師のアドバイスをケアマネさんに伝えた。

ケアマネさんは、通所リハHと同じ建物の中にレスパイト入院できる病院があると教えてくれた。私はホッとして、話を進めてもらうよう依頼した。

四月十一日、ケアマネさんの依頼を受けて、病院から電話があった。私は二十日から始まる週でのレスパイト入院を希望した。

②だまし討ち入院

妻が利用しているのは通所リハHだが、本体は病院だ。病院が、通所のリハビリテーション施設の他に、ケア付きマンションなど、多角的な経営をしている。

そのおかげで、今回の妻のレスパイト入院に際しては、通所のデイリハと病院のレスパイト入院をうまく組み合わせて、便宜を図ってもらえることになった。

すなわち、通所のデイリハに参加し、それが終わっても帰宅せず、同じ建物の中の病院にそのままレスパイト入院し、レスパイトを退院する日は、朝、退院手続きを終えたら、そのまま同じ建物の中にあるデイリハに参加するという配慮だ。

具体的には、四月二十日（月）の朝は、妻はいつもどおり送迎バスで出かけ、通所リハHに参加。十六時過ぎにデイリハを終えて、そのままレスパイト入院。私はその時刻に病院に行って入院の手続きをする。

そして、妻は二十一日、二十二日、二十三日とレスパイト入院を過ごし、退院予定日の四月二十四日（金）の朝九時過ぎに退院し、そのまま別階のデイリハに合流参加。私はその時刻に病院に行って退院手続きをする。と、このように、デイリハとレスパイト入院の相互関係はきわめてスムーズで便利だった。

ところが妻の場合、それが裏目に出たのだ。

四月二十日の夕方、私が入院の手続きに行ったときには、「青木さんはすでに病室に入られています」と言われた。入院手続きの際に、妻にレスパイト入院の意味を話して納得してもらう手筈になっていた。理由を話して妻に会わせてほしいとお願いしたところ、コロナの関係で面会させられないと頑なに拒否されてしまった。

面会できないとなると、妻は意味も目的もわからずに入院させられ、なぜ自宅に帰れないのか理解できないまま、まるで拉致されたように病院に留め置かれることになる。手順が狂った私は「しまった！」と切歯扼腕した。これでは妻を「だまし討ち」にしたことになるではないか。

こうして私は、妻と連絡が取れないままの四日間を悶々と過ごしたのだ。

③憔悴した妻

四月二十四日の朝、退院手続きのため病院窓口に行った。すでに退院した妻はデイリハに参加していると聞かされ、急いでデイリハ会場に向かった。

デイの利用者で溢れている広い部屋の一番奥に、壁を向いてしょぼんと肩を落として、ぽつんと座っている妻の後ろ姿があった。入院前よりひと回り小さくなっている。

私は申し訳ない気持ちを胸に、妻に近寄って、

「おはよう、お久しぶり」

と、少しおどけて声をかけた。すると妻は振り向きざまに泣き出し、私にしがみ付いてきた。その瞬間、私は「やっぱり怖かったんだ。つらかったんだ……」と深い罪悪感にさいなまれた。可哀想なことをしてしまったと、胸を掻きむしられるような後悔を覚えた。

この四日間、どれほど心細い思いをしていたことだろう。さぞかしつらかったことだろう。恐ろしかったことだろう。ようやく私に会えた安堵感からか、周囲の利用者の視線を浴びながら、妻は泣き続ける。私はその肩と背中をさすり続けた。

しばらくして、泣きおさまった妻を残して私が帰ろうとしても、妻は「このまま一緒に帰りたい」という素振りを見せてしがみ付き、私から手を離そうとしない。それはそうだろう。ここでうっかり手を離したら、また〝だまされて〟入院させられるかも知れないと、妻は猜疑心と恐怖心でいっぱいに違いない。

この四泊五日、訳もわからず入院させられた。なぜ入院しなければならないのか、なぜ家に帰れないのか、その意味を知らされないままに病院に留め置かれた。もしかしたら「捨てられたか」「見放されたか」と思ったかも知れない。

しかし、妻はどんなに怖い思いをしても、どんなに悲しくても、どんなに訴えたくても、構音障害で言葉が発せられない。看護師に訊くことすらできない。自分が今どのような扱いを受けているのか、自分はどうなってしまうか、誰も教えてくれない。訊ねる術もない。確かめる手段もない……。

まったく初めての知らない病院のベッドで、見知らぬ人に囲まれて過ごした四泊五日は、妻にとってまさに地獄の苦しみだったろう。ひどい目にあわせてしまった。申し訳ないことをした。私は今でも責め苦を負っている。

そのとき、リーダーのNさんが近づいてきて、上手に私たちの間に分け入って、因果を含めて妻に語りかけてくれた。私も、「もう入院はさせない。今日はかならず家に帰れるから」と心から妻に約束した。すると妻はようやく、夕方までここに残ることを不承不承応諾した。

それにしても、いくらコロナ対策とはいえ、まともに会話ができない患者まで一律に面会禁止にするとは、人権無視にも程がある。私は病院の頑迷固陋な画一的扱いに怒りを覚えていた。

④もう入院は懲り懲り

連日の介護で疲れ果てて、介護している人とされている人が共倒れにならないように、介護者がいったん介護の日常から身を引いて、しばらく身体を休め、気持ちもリフレッシュさせて、再び介護に取り組んでもらいましょう、というのが「レスパイト入院」の主旨であり目的である。

介護されている人がレスパイト入院している間、介護者は介護から手が離せる。それだけでホッとして気持ちが休まり、身体も休めることができるという。身体的にはそうかも知れないと思う。

その主旨に沿って、私たちも勧められてレスパイト入院を利用した。簡単に言ってしまえば、私が身体を休めて一時的に楽をするために、妻を病院に預けたのだ。

しかし、レスパイト入院は果たして妻のためになるのか？　仮に私が、妻を邪険にしたり、嫌ったり、不穏な関係であるならば話は別だ。だが、私は懸命に妻を介護している。

妻のために骨身を削っている。その心情をヨコに置いて、「妻のため」ではなく「私のため」に妻を入院させた。こんなことが許されていいのだろうか？　というのが私の反省だった。

妻がレスパイト入院している間、妻の食事づくり、食事介助、着替え、トイレ介助などの介護行動はしなくて済み、確かに介護から手が離せた。だからといって、身体が休まるだろうか？　心が休まるだろうか？　私の場合、それとは真逆だった。特に心は、休まるどころか塗炭の苦しみを味わった。気持ちが疲れ果てて苦しかった。もうレスパイト入院は懲り懲りだ、と猛省した。

トイレ介助がもう無理に

①妻の気配で察する

就寝中、妻は用があると私を起こす。初めの頃は仰向けに寝たまま、パンパンと手を叩いて知らせていたが、病状が進むにつれて、腕の筋肉が徐々に弱り、手を叩くだけの力がなくなってきた。それでも本人は手を叩こうとするので、手を動かそうとする気配はあるが、パンパンと音がしなくなってきた。

それでは、と手に持って振るベルを買ってきて、妻の枕元に置いてみた。買った当初はチリンチリンと私を起こすことが何回かあったが、やがて手を伸ばしてベルをつかむ動作ができなくなり、それも使われなくなった。

にもかかわらず、たとえ私を起こす音が小さくても、あるいは音がしなくても、妻の動きと息づかいと気配で、「あっ、私を起こしたいのだな」と、私にはわかるようになっていた。それだけ私の眠りが浅くなっていた証左でもあるのだが……。

「なんだい、何か用かい?」

と声をかけると、筆談ボードかメモ用紙に、乱れた文字で「トイレ」と書く。それを見て、

「よっしゃ、じゃあ行こう」

と、私はパジャマの上から脊柱管狭窄症を保護する腰痛ベルトを巻き付けて体勢を作り、「では、上半身、起き上がってちょうだい」と言って抱きかかえ、「はい、次に両足を床に下ろしてちょうだい」と、手順を踏んで姿勢を変えさせ、車椅子に移譲させ、廊下を通ってトイレまで押して行く。

こうしてなんとかトイレに辿り着いても、次は車椅子から移して便座に座らせるまでが一苦労なのだ。

②とうとう転倒してしまう

四月二十五日の夜中も、いつものようにベッドから車椅子に移乗させ、トイレの前まで行き、トイレの扉を開け、車椅子のブレーキをかけた。

そのあとは妻を抱き上げて立たせ、息を切らしながら妻を便座の位置まで移動させ、妻の両手を両壁の手すりにつかまらせる。

「しっかりつかまっているんだよ。手を離しちゃだめだよ。まだ座っちゃだめだよ。しっかり立ってるんだよ」

と、ひっきりなしに声をかけながら、妻のズボンを下ろし、下着を下ろす。

「さあ、いいよ。そのままゆっくり座って。後ろを見なくても大丈夫だよ。抱えているから、怖くないから、そのまま、そのまま、そのままそっと座って」

妻を便座に座らせようと、腰を落とさせていく……それがいつもの手順だ。

ところが、「まだ座っちゃだめだよ。しっかり立ってるんだよ」と声をかけながら、妻のズボンを下ろそうとしたそのとき、その日に限って、妻がガクンと膝を折るように倒れかかり、私に覆いかぶさってきたのだ。

　私は慌てて中腰から体勢を立て直そうとして、倒れかかってきた妻を抱きかかえ、立ち上がりざまに身体を左に振って、妻をもう一度車椅子に戻そうとした。

　しかし、妻の重みに耐えかねてバランスを崩した私は、次の瞬間、妻を背後から抱きかかえたまま、仰向けに廊下に倒れ込んだ。私は見事に妻の下敷きになったのだ。

（しまった！　とうとうやっちまった！）

　倒れながらそう思ったが、あとの祭りだった。

　妻は私の体の上で仰向けになっている。体力的にも筋力的にも自由が利かない妻の体重が、私の全身に圧し掛かっている。私はしたたか後頭部を打った。しかし妻に打撲はないようだ。「良かった！」と思った。

　こんな状態に陥った以上は、とにかく助けを求めなければ。同じマンションの別階に住む娘に電話しなければと、私は少しずつ体をずらして、なんとか妻の下敷きになった体勢から抜け出し、娘に、

「とうとうやっちまった。助けてくれ。すぐ来てくれ！」

とヘルプを要請した。受話器を置いて壁掛け時計を見ると、午前三時頃を指していた。慌てて飛んできた娘は、言葉を発することもできず、表情を変えることもできず、為す術もなく廊下に仰向けに寝転がっている妻の姿を見て、

「怪我はなかった？　大丈夫？」

と訊ねた。転んだ拍子に、妻の左手の指が壁に触れたらしく、擦過傷を負っていることに初めて気づいた（ひじにもあざができるほどの打ち身があることが、あとでわかった）。

すでに妻が逝った今も、私たちが倒れた廊下の戸棚の扉と壁に、倒れるときに妻の薬指の指輪が作った傷が孤を描いて残っている。それは、妻がこの世に遺した生きていた証しだ。そして、妻とともに四苦八苦した自分の奮闘の証しでもある。

今でもそれを見るたびに、妻がこの世に、このような思い出を残してくれたんだと、感無量になる。「夏草や　兵どもが　夢のあと」という芭蕉の句と重なる。まさに、妻とともに老いと病に立ち向かい善戦したという思いだ。

③トイレだめなの、ごめんね

実はその頃、S商会のS氏から「ポータブルトイレを試してみては」と勧められていた。トイレ介助で転倒する前日の四月二十四日の夕方、たまたまS氏にお願いして、ポータブルトイレ（お試し版）を持ってきてもらってあった。

その日の夜十一時、妻が筆談ボードに「トイレ」と書くので、さっそく試してもらった。妻は素直にベッドわきのポータブルトイレに座って、試みてくれた。しかし、目的は達せられなかった。妻のすなおな協力と努力の甲斐もなく、ポータブルトイレは不成功に終わった。どうやら妻は日頃、シャワートイレの力を借りて用を足す癖がついていたらしい。妻は申し訳なさそうな顔を私に見せた。

シャワー洗浄機能が付いているポータブルトイレがないわけではない。しかし、妻の要介護1の介護点数では手が届かない。せっかくS氏が持ってきてくれたポータブルトイレは、次の日に空しくS商会に返すこととなった。

注：この時点での妻の現状は要介護1の程度ではなかったので、すでに介護認定変更の申請をしてあった。しかし、改めて要介護5の認定通知を受け取ったのは、妻が亡くなる数日前だった。

転倒以来、私は妻をトイレに連れていくことにすっかり自信をなくし、トイレ介助は勘弁してもらうことにした。そのため、これまで使っていた薄型パンツをやめて、着脱が楽な「おむつ」をしてもらうことにした。

しかし、おむつに替えても、妻は今までどおり夜中に私を起こし、筆談ボードかメモ用紙に「トイレ」と書いた。夜中に限らず、昼間も同じだ。「トイレ」と書いて、連れていってほしいと私にせがむ。

それはそうだ。トイレですっきりと用を足したいと思うほうが当たり前だ。思わず漏らしてしまう状況なら致し方ないが、認知症でもないのに、おむつの中で用を足して気持ちがいいわけがない。頭がハッキリしている妻に、そんなことを頼むほうがどうかしている。「おむつをしているから大丈夫だよ」「寝具が濡れないから大丈夫だよ」「そのままおむつの中にしてほしい」などと頼むほうが無茶なのだ。それは介護する側の都合であり、介護する側の勝手な言い分なのだ。

初めておむつにした夜、私は夜中に三度も妻に起こされた。いずれも「トイレ」に行きたいということだった。その都度、私はこう答えねばならなかった。

「ごめんね。済まないけど、そのままおむつの中でしてくれないか？　申し訳ないけれど、僕にはトイレに連れていく体力がもうないの。また転んだら、もしも怪我したら、大変だからね。わかってね。ごめんね」

私は今も、この文章を書きながら涙している。

この夜から、もうトイレに連れていってもらえなくなった妻は、いかにも無念そう、いかにも悲しそうだったが、私は心を鬼にして半べそをかきながら、妻に懇願するしかなかった。これほどつらい懇願を妻にしたことは、結婚以来初めてだった。

案の定、半日も経たないうち、おむつかぶれが妻を悩ませ始めた。よほど痒いのだろう、昼となく夜となく、おむつの中に手を入れては掻いている。口がきけない妻が、切なそうな表情で、しかも無言で、ひたすら股間を掻きむしっている。

妻をこのようなひどい惨めな目にあわせる原因は、すべてはトイレ介助ができなくなった私の非力にある。私の体力・筋力さえ許せば、妻にこのような思いをさせなくても済むのに……。そう思うと、自分が高齢であること、体力が衰えたことを、これほど悔しく悲しく思ったことはなかった。

「ごめんね、ごめんね、こんな目にあわせて、ごめんね……」

と、涙声で謝るしかできない私は、心の中で自分を責めていた。

近くお別れの可能性が

トイレ介助で転倒してから夜が明けると、私は妻を介助することにすっかり自信をなくしていた。そこで再び、妻が過日レスパイト入院した病院に電話をして、あれほどまでに懲り懲りだったレスパイト入院を再び要請した。病院側は快く、

「今度は短期のレスパイト入院でなく、月単位の入院のほうがいいと思います。日程を検討して、週明けにお返事しますね」

と言ってくれた。

四月二十六日、息子と娘に昨夜の顛末を話し、妻を入院させるつもりだと伝えた。伝えながらも、「これが私の本心だろうか?」と私の決心は揺れに揺れていた。

「共倒れを避けるには、入院させるしかないと思う。けれど新型コロナの関係で、入院中は妻と面会させてくれないかも知れない。入院したら最後、そのときが今生の別れになるかも知れない。けれど……、でも……」

私はそんな歯切れの悪い話し方を子どもたちにした。

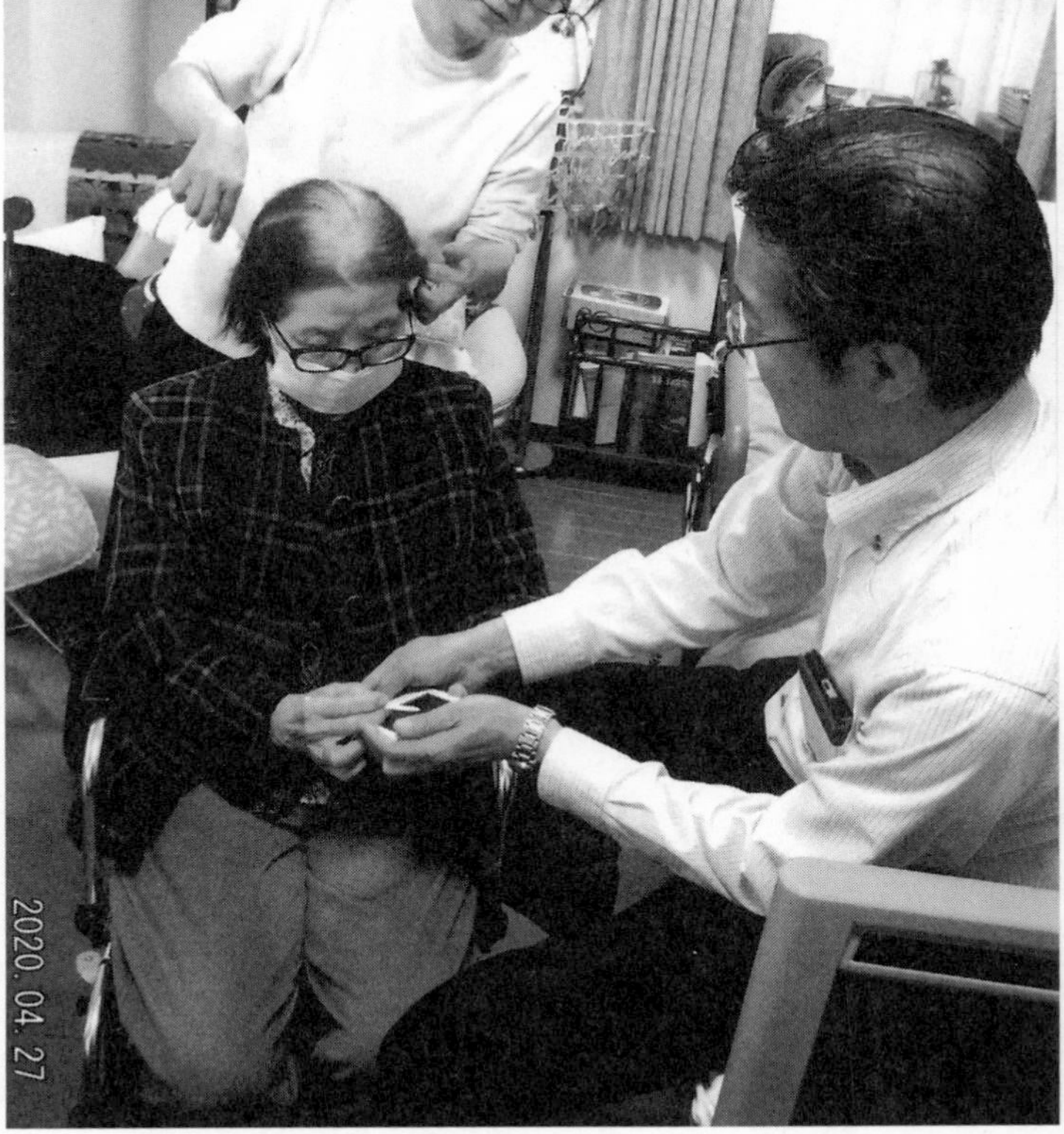

私を心配して息子と娘が連日出勤前後に応援に（2020 年 4 月 27 日）

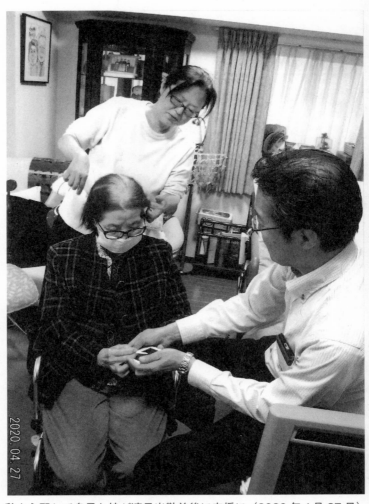

翌四月二十七日、朝の出がけはそうでもなかったのに、夕刻、通所リハHから帰宅した妻は、車椅子に座っていても頭がガクンと前に俯いてしまうほどに疲れ果てた様子だった。娘に手伝ってもらってなんとか着替えさせ、食前の薬をやっと飲ませた。しかし、それ以上は無理で、食事も食後の服薬もパスせざるを得なかった。妻の命の灯がそろそろ限界に近づいているようだった。

四月二十八日、来宅した訪問診療のM医師は、診察後に私を別室に呼んで、

「近々、お別れの可能性があります」

と見立てを耳打ちした。「やはりそうか、いよいよか……」と私は覚悟を新たにした。

そのあと、妻のベッドに戻ったM医師はこう言った。

「もう入院するのはやめたほうがいいと思います。このままおうちで看護されることをお薦めします。おむつ交換などの力仕事は、ご主人（私）の負担を減らすために、ヘルパーを入れてはどうでしょうか」

そうか、気がつかなかった！　医師による訪問診療、看護師による訪問看護のほかに、訪問介護という手があったのか！　と、M医師の言葉でパッと目の前が晴れた気持ちに

なった。

さっそくケアマネさんに連絡して、朝夕のヘルパーによる訪問介護の体制を急いで作ってほしいと依頼した。

息子と娘にこの方針変更を伝えると、二人とも「良かったね」と言ってくれた。それでも二人は、「でも、必要なときはお母さんをレスパイト入院させることも忘れないで」と釘を刺し、私の健康を気遣ってくれた。

私より妻を気遣ってほしい

息子と娘の念頭には、私の疲労を気遣って、いつでもレスパイト入院を考えてほしいという希望が依然としてある。私の健康を心配してくれる気持ちはよくわかる。子どもたちには子どもたちなりの思いがあるだろう。しかし当の私は、レスパイト入院についてあまり前向きな気持ちになれないどころか、否定的な気持ちが強いのだ。二人は、

「そんなこと言ったって、お父さんが潰れてしまったら、元も子もなくなってしまうよ！」

と、強い調子で私を説得しようとする。

その一方で、それにもかかわらず、共倒れになってもいいとさえ思っている私がいるのだ。

子どもたちの労わりの気持ちが、妻よりも私に向けられると思うと釈然としない。あまり時間が残されていない妻に対して申し訳ない気がする。私が優先されて妻が後回しにされるのではなく、妻の心情と病状について、私よりも妻に対して多く気を遣ってほしい気持ちが強いのだ。

そう思いながらも一方で、体力・筋力が必要な力仕事に関しては、息子と娘の手を借りずには頑張れそうもないことも事実だ。心ならずもレスパイト入院させる日が来ないとも限らない。

私の筋力・介護能力の限界と、私に運命のすべてを預けてくれている妻の心情。この二つをどのように両立させるか。私は、両立どころか相反する事態に追い込まれて進退窮まって、迷いに迷っていた。

一般論としてのレスパイト入院を頭から否定するつもりはない。しかし、私と妻に限っては、くどいようだがもう懲り懲り、金輪際、願い下げだ。その理由はすでに述べた。介護されている「妻のため」に入院したのではなく、介護している「私のため」に、しかも十分に納得させないままに入院させたことを、私は未だに後悔している。

妻は退院後、めっきり足が弱り、身体がやつれた。C病院の十日間の絶食に、レスパイト入院によるストレスの大きさが追い打ちをかけた。

何年もの長い介護が続いている場合は、たとえ被介護者を犠牲にしてでも、介護者の心身をケアするためにレスパイト入院は必要かも知れない。ニュースで介護殺人だの介護心中だのと聞くと、その必要性も理解できる。

しかし、私と妻の場合のように、急速に病状が低下し、短期間に急降下する者を介護する場合は、入院以外のレスパイトケアはありがたいが、レスパイト入院はかえって心が休まらないどころか疲れ果てる。

せっかくC病院お勧めの胃瘻などを振り切って退院し、自宅で和やかに穏やかに、心残りのないように看病・介助・介護をしようと決意して退院したことと、レスパイト入院させたこととは、矛盾する真逆の行為だ。初志貫徹しているとは決して言えない。もう二度と味わいたくない。

妻を抱えたまま転倒したことはすでに述べた。その経験を踏まえて、新たに訪問介護のヘルパーの力を借りて、自宅介護を貫こうと決めた。

それでも子どもたちや主治医は、「必要なときは、またレスパイト入院を上手に使いながら頑張ればいいから」と私を励ます。

励ましてくれる気持ちは嬉しかった。しかし、その言葉を聞きながら、私は心の中で、レスパイト入院以外にも頑張り方があるのではないかと模索していた。

今、入院すれば今生の別れに

レスパイト入院を忌避する私の理由はもう一つあった。

たまたま新型コロナの対策期に当たっていたため、どこの病院も入院患者に対する家族の面会を禁止していた。先にも触れたが、妻がレスパイト入院した病院も例外ではなかった。だからこの時期に妻がまた入院したら最後、面会は叶わないのだ。

病気や怪我で気持ちが弱っている人にとって、面会はふと心和むひと時だ。病気や怪我で動作が不自由な人にとっては、それを補うためにも家族との面会は不可欠だろう。ましてや口もきけず、食事も満足に飲み込めない妻にとっては、家族との面会は、家族が「通訳」の役割を果たし、病院との意見調整や環境調整を図るためにも必須のはずだ。

にもかかわらず、病院で孤独な状況に置かれ、さらにその間に生死にかかわる事態が起きないとも限らない。現在のコロナ情勢下で、構音障害・嚥下障害の状態の妻を入院させることは、もしかすると入院した時点が、今生の別れ、永遠の別離となりかねない。

そうなってしまってからでは、動機はどうあれ、経緯はどうあれ、妻を「姨捨山」に追いやることとイコールだ。そのような事態は絶対に避けたいと私は思っていた。

すでに済んだことだから、今さら言っても仕方がないが、今回のコロナ騒ぎで在宅勤務が増え、リモート会議、リモート商談が増えた。病院も、面会禁止の代替措置として、リモート面会、オンライン面会の機会を考える余地があってもよいと思う（この時点ではまだリモート面会は一般的ではなかった）。

私の健康を気遣って、再度のレスパイト入院を勧める息子と娘。トイレ介助の転倒ショックで、反射的にレスパイト入院を申し込んでしまった私……。しかし、一貫して「妻を自分の手の届くところに置きたい。最後の看取りをするために、妻を面会禁止の壁の向こう側に追いやることはできない」というのが、偽らざる私の本音だった。

このような三つ巴の相克に悩んで、私は悶々としていた。

しかし、思わず申し込んでしまったレスパイト入院の可否・日程の回答が、幸か不幸か遅れていた。窓口の担当者が一両日不在だったのだ。その間隙を縫うように、思わぬ第三の道が私の前に拓けた。

十一、地域包括ケアの真骨頂

介護認定の変更を督促する

Ｃ病院を退院した三月十八日に、たまたま介護認定の認定変更のための調査を受けた。しかしそれから一ヵ月以上経過しているのに、まだ認定結果の通知が来ない。だから妻は未だに「要介護１」のままだ。それなのに、要介護４か５になることを見込んで、さっさとエアベッドを取り入れたり、毎朝夕ヘルパーさんに来ていただいたりと、どんどん介護体制を充実させていた。

果たして認定変更の結果、要介護４か５になるのかどうか……。いざとなったら全額自己負担してもいいと腹は括っていたものの、宙ぶらりんのまま推移していることが、やはりスッキリしなかった。そこで、四月三十日、区役所の高齢者・障害者支援課に督促の電話をした。

担当の職員は電話に出ると、

「遅くなってすみません。たまたま本日、認定委員会が開かれる日なので、結果を明朝、発送する予定になっています。明日か、遅くとも明後日には回答が届くと思います」

と答えた。いわゆる「ソバ屋の出前」だ。出前がなかなか来なくて待ちくたびれて催促の電話をしたら、「今出ました」とごまかされるというたとえ話だが、それに似ていて私は拍子抜けの気がした。

後刻、ケアマネさんが来宅したときにその旨を伝えると、明日通知されるはずの認定変更の結果をすでに知っているらしく、自信に満ちた表情で介護認定5を前提にしたサービス導入プランを新たに提示して、

「ですから、青木さんの場合、すべてのサービスが点数の範囲の中に収まります」

と言って私を安心させてくれた。

たちまち訪問介護の体制が

たちまち朝夕のヘルパーの体制ができ、四月三十日の夕刻、訪問介護Yのヘルパーさんたち五人が、狭いわが家にやってきた。翌日から毎朝と毎夕に、交代しながら訪問介護してくれるヘルパーさんたちの勢揃いだ。

これからは、朝はおむつ交換・着替え・車椅子への移乗をヘルプしてもらえることになった。これまでは、力のいる朝の支度は息子頼みにしてきた。新型コロナの蔓延にともなって、出勤時刻に余裕を設ける会社が多くなり、息子の勤務先もなんとか融通を利かせることができたらしい。

しかし、いつまでも出勤前の息子に頼って、遅刻を続けさせるわけにもいかない。訪問介護のヘルパーさんが来てくれれば、それが解消できる。さっそく息子にその旨を伝えると、息子はホッとした口調で「助かった！」と言った。

夕刻の、通所リハHからの帰宅時刻にもヘルパーさんが来てくれて、車椅子からベッドへの移乗・着替え・おむつ交換をしていただける。この時刻は、いつも娘に半休や早退、ときには年次休暇を取ってもらって対応していた。これも息子と同様、いつまでも娘に頼ってばかりいられない。この点も解消できることになった。

五月二日、通所リハHには行かない日だが、昨日に続いて今朝も、ヘルパーさんがおむつ交換・肌着交換・口腔ケアをしてくれた。夕刻も、おむつ交換・口腔ケアをしてもらった。

五月三日、今日は息子の還暦の誕生日だ。本来なら祝いの席を設けるところだ。しかし、わが家の現状はそれどころではない。日曜日なので、午前十時頃に息子が夫婦そろって赤いカーネーションを持ってやってきた。還暦どころか、まるで母の日だ。

昨日同様、朝夕ヘルパーさんが、おむつ交換・肌着交換・口腔ケアをしてくれた。

こうして数人のヘルパーさんが交代で朝夕、妻を介助してくださる訪問介護の体制が整い、夜のトイレは「心ならずも」おむつで通す見通しができた。ようやく長期戦にも耐えられる体制が整った。

しかし、せっかく整ったこの体制は、わずか一週間で終焉を迎えることになった。

十二、親族に囲まれて

下顎呼吸が始まった

五月七日の早朝、いつもと違う妻の息づかいに気づいて目を覚ました。

起き上がってそっと様子をうかがうと、妻は昨夜させた、喉を潤すための濡れマスクをしたまま、行儀よく上向きに寝ている。

しかし、妻の呼吸がいつもと違う。ゼイゼイと音を立てて顎を上下させている。「あっ、下顎《かがく》呼吸が始まっている」と気づいた。いよいよ〝そのとき〟が近づいたことを知り、戦慄が走った。

下顎呼吸は、死の直前に必ず現れる状態の一つだ。死が近づくにつれて、うまく酸素が取り込めなくなる。なんとか酸素を取り込もうとして顎と喉の筋肉を懸命に動かして呼吸する。もちろん本人は無意識にだ。

喉の奥のほうで呼吸音がするので、それだけを聞いていると苦しそうに見える。しかし表情を見るかぎり、眉間に皺が寄ることもなく、苦しんでいる様子もなく、むしろ安らかだ。

モノの本によれば、ちょっと見にはいかにも苦しんで喘いでいるようであるが、体内では酸素の取り込みが少なくなり、二酸化炭素の濃度が上がって、脳からエンドルフィンという麻薬物質が出て恍惚状態になっている。このため、下顎呼吸の状態に入っている本人にしてみれば、さほど苦しくはないのだという。

因みに、意識がない状態のまま、喉の奥のほうでするゴロゴロ、ゼコゼコという音のことを死前喘鳴《ぜんめい》（デスラッセル：Death Rattle）と呼ぶそうだ。これも下顎呼吸と同様に、最期のときが近づいたサインだという。もちろん本人は苦しくない。妻の場合、デスラッセルはなかった。

この時点で、見た目に驚いた家族が慌てて救急車を呼んでしまうことが多いという。救急車を呼ぶことは、「なんとかして生かしてほしい」と切望することだ。しかし、終末期の人を在宅介護している場合、救急車を呼べばどういう結果になるか。せっかく家で看取るつもりでいたのが、違う方向に行ってしまう。

世に「医療は身体を診る。介護は人生を看る」と言われる。介護は「よく生きる」ことと「よく（穏やかに）死ぬ」ことを目指すものだ。これに対して、医師の使命は「なんとしても生かす」ことだ。「よく生きる」見通しがあるなしにかかわらず、たとえ息がなくても、なんとかして蘇生し、延命措置をほどこすことが医師のミッションだ。その結果、人生の最期を病院で迎える可能性が高くなる。

積極的に生きたい（生かしたい）のならそれでいい。しかし、そうでない場合、うっかり救急車を呼ぶことになり、自宅で家族に囲まれて穏やかに最期を迎えることにはならない。だから私は救急車を呼ばなかった。むしろ、妻との穏やかな別れが目前にあることを覚悟し、それを願った。そのために今日まで、わが家で頑張ったのではないか。そう自分に言い聞かせた。

私は、ただちに娘に連絡した。

「お母さん、どうやら今日らしいよ」

同じマンションの別階に住んでいる娘はすぐに飛んできた。

続いてY訪問看護の看護師Yさんに電話をした。

「今日、十時にPTのリハビリの予定と、十三時にY看護師さんの訪問看護の予定が入っていますが、先ほどから下顎呼吸が始まったようです。この状態でリハビリはどうしましょうか?」

するとYさんは即座に、

「十時のPTリハは中止しましょう。今すぐ、私がお邪魔します」

と言ってくれた。

介護する者は、常に不安で孤独だ。電話一本で連絡がつき、こちらの疑念を解いてくれ、必要とあればすぐ飛んできてくれる人とつながっていることで、心が支えられている。「いつでもプロフェッショナルとつながっている」という安心感、あるいは連帯感。これが介護する者にとっての救いであり、地域包括ケアの醍醐味であり、ありがたみだ。


やがて看護師のYさんが来宅し、妻の呼吸、脈拍を測った。血圧はぐんと落ちていた。

「今、身体を動かせば、呼吸が止まってしまうかも知れません。リハビリはもう無理です。そっと、おむつ交換だけしておきましょうね」

いつもなら「ハイッ、体を右に向けてください。次に左を向いてください。今度は上を向いてください」と声をかけながらテキパキとおむつ交換をするYさんだが、このときばかりは、行儀よく寝ている妻の上体をほとんど動かすことなく、静かに優しくおむつをほどき、尿取りパッドだけをそっと手際よく交換した（これが、妻にとって生前最後の介護処置となった)。

そして、Yさんは私と娘に優しく諭すように言った。

「見た目は息が苦しそうですけど、体の中に二酸化炭素が充満していて、ご本人は意識が朦朧としているので、苦しくはありません。ですから、このままそっとしておいてあげてくださいね」

Yさんはさらに言葉を継いだ。

「お呼びしたい方がいらっしゃいましたら、今のうちに連絡していただいたほうがいいと思います。それから、訪問診療のM医師に連絡して、来ていただいてください」

Yさんはそう言い終えると帰っていった。私たちを急かさず、焦らせず、興奮させず、必要な情報だけを伝えて私たちを落ち着かせ、安心させるような物言いだった。熟達した看護師の見事な差配だった。

私はYさんに言われたとおりにした。あとは時間の問題だ。ついに来るときが来た、と腹を据えた。連絡した皆が来るまでの間、この数ヵ月の間の妻の奮闘ぶりを思い起こしていた。妻の息づかいだけが聞こえる部屋で、刻々と静かに時が刻まれていた。

やっと楽になれたね

やがて皆がやってきた。息子夫婦は孫娘を連れてきた。就職して都内に住む孫息子も到着した。明後日九日にお見舞いに来る予定だった妻の末の妹も、連絡を聞いて予定をくり上げ急遽やってきた。すでに来ていた娘を加え、これで全員揃った。

そこへ訪問診療のM医師が到着した。先ほどのY看護師と同じように、呼吸、脈拍、血圧を確認したうえで、

「このまま、皆さんでそっと見守ってあげてください。何かあったらすぐに連絡してください」

と言い置いて帰っていった。そろそろ正午が近づいていた。

〝そのとき〟がいつ訪れるか、全員が固唾を呑んで見守る中を沈黙の時が流れている。静寂の中に、依然として妻の息づかいだけが聞こえていた。

つと私がトイレに立った。そのとたんに息子が、「お父さん、お父さん！」と大声で私を呼んだ。慌てて戻ると、まさにそのとき、大きな息を一つして、妻の呼吸が止まった。

時計は十二時十七分を指していた。

呼吸音が途絶えた妻の表情は、実に穏やかだった。ついに訪れた一瞬の静寂を確かめるように、全員が押し黙ったまま、妻の旅立ちを温かく見送った。

まさに今このとき、妻は何ヵ月も苦しんだ嚥下困難からようやく解放され、不自由な構音障害からも解き放たれた。私は「ご苦労さま。やっと楽になれたね。やっと自由になれたね。つらかったね。苦しかったね。みんなに見送られて良かったね」と心の中で妻に呼びかけた。全員がそれぞれに、大仕事を終えた妻を労う気持ちをそれぞれの言葉にして、無言のまま語りかけていたように思う。

ＡＬＳの患者の多くは、最後に呼吸困難に見舞われることが多いと聞いていた。いかに在宅介護・在宅看取りを願っていても、呼吸困難に耐えかねて救急入院し、やむを得ず気管切開・呼吸器装着する可能性が少なくないとも聞いていた。

妻に限ってはそうならないでほしいというのが、私の唯一の恐れであり最後の願いだった。妻は私の願いどおりに、呼吸音こそ忙しなかったが、最後まで規則正しい息づかいを続けたまま、苦しそうな表情・仕草を見せることなく、穏やかな息づかいのまま、フッと息を止めて旅立った。「ああ、良かった」と私は安堵した。「これで良かったのだ」と自分に言い聞かせた。このために今日まで頑張ったんだと思うと、達成感すら覚えた。

後日、看護師のYさんと思い出話を交わした際、

「奥様の場合は、嚥下障害がひどくて十分に食べられなかったので、ALSの経過よりも、老衰の経過のほうが早く来たのかも知れません。苦しまなくて済んで良かったですね」

と仰られた。私はYさんの見立てに納得し、嬉しくその言葉を聞いた。

八十四年の人生に幕

気を取り直した私は、M医師に、「ただ今、息を引き取りました」と連絡した。M医師は「すぐそちらに向かいます」と言ってくれた。

言葉どおりすぐに来てくれたM医師は、ただちに妻の瞳孔、脈拍、呼吸を確認し、大きく頷いたうえで、ご自分の腕時計を確認して、「時刻は十二時五十一分、死亡確認いたしました」と私たちに告げた。

「ありがとうございました」

と私は返した。

妻の八十四年の人生の幕が、この時点で正式に、確実に、そして厳かに下ろされた。

M医師は私に向かって、

「ご主人も、ご苦労なさいましたね。よく頑張りましたね」

と労いの言葉をかけてくださった。

「良くしていただいて、ほんとうに助かりました。ありがとうございました」

私はそう言って、深く頭を下げた。

M医師は、身を翻すように聴診器をカバンに収めると、ＰＣを取り出して「死亡診断書」の作成にとりかかった。

M医師が書類を作成している間、私は妻と過ごしたあれこれを思い出していた。

気がつくと、息子と娘がそっと抜け出して、別室でひそひそと話をしているようだった。あとで聞くと、葬儀社をどこにするか相談していたという。私が走馬燈のように妻との思い出を巡らせている間、子どもたちはサッサと次の段取りを進めてくれていたのだ。

その日の夕方、葬儀社の人がやってきて、妻を送る手筈を整えてくれた。頼りになる子どもたちを、ありがたく思った。

おわりに　――六十四冊の家計簿

朝起きると、真っ先に妻の写真と位牌に向かって、「おはよう、また朝が来たね。今日もよろしくね」と声をかける。

外出先から帰宅すると、「ただいま。今、帰ったよ」と話しかける。

食事のときは、「今からご飯だよ。見ててね」と言って、お線香に火をつける。お昼にはグラスワインを供える。元気な頃、ランチに一杯のワインを楽しむのが妻の習慣だった。病を得て、うまく飲めなくなり、苦労していたので、病から解放された今、心おきなく楽しんでほしい。

就寝するときは、「今日も一日、ありがとうね」と言って、食事のときと同じようにお線香を立て、「では、おやすみなさい」と挨拶をする。

こうして一日何回も妻に話しかけ、手を合わせる。

亡くなってもうすぐ一年になる。このような妻との会話を、生前の妻に対するのと同じ自然な気持ちで交わせるようになりたいと努力している。しかし、まだ慣れていないというか、波立つ気持ちを抑えているというか、どことなく不自然でわざとらしい。

妻が亡くなって数ヵ月の頃までは、応答がないのは当然とわかっていながら、写真の妻に語りかけて、一人とり残された自分が無性に淋しくなり、悲しくなり、妻が恋しくなって感情の昂りを抑え切れず、

「なぜ先に死んじゃったんだよ。もう少し生きていてくれたってよかったじゃないか。『あなたは九十五までは生きなきゃダメよ。少なくともあと五年、私より先に死んじゃだめよ』と、あれほど何度も言ってたくせに。あと五年生きてからだって、僕より先に死ねたじゃないか。もう少ししたら別荘に移って快適に過ごそうって、別荘を改装して喜んでいたのに。これからは別荘の庭を楽しむって張り切ってたくせに……」

と、そんな独り言を言いながら、誰も見ていないのを幸いに、ティッシュを何枚も浪費していた。

私は生前の妻を、一日に何回となく「おい」でもなく「お～い」でもなく「君」でもなく、妻の名前で呼んでいた。この原稿を書いているときも、原稿の中で妻の名を何回呼びかけたろう。何回妻の名を書いたろう。

私が妻を呼ぶときは、名前を「○○、○○」と二度くり返して呼びかける習慣だった。妻が亡くなって一番つらいのは、「○○、○○」とくり返して呼びかける機会が奪われた

ことであり、くり返し呼びかける習慣に変更を迫られていることだ。写真や位牌になってしまった妻には、くり返しては呼びかけない。「〇〇」と一回きりだ。これからは、くり返し呼びかける習慣を改め、一回だけ呼びかける生活に慣れなくてはならない。

本書執筆に当たっても、ごく自然な気持ちで、心おきなく妻の名を連発した。しかし、出版社の助言に従って、原稿にあった妻の名を心ならずも伏せ、「妻」に統一した。一書を公にするうえではやむを得ないが、妻の名をくり返し綴ることに執筆動機があった私は、隔靴掻痒の感を拭いきれない。

それと同じ趣旨で、最初の原稿にはあった病院名や医師名、看護師名などもやむを得ずイニシャル表記に改めた。お名前を明記して、心からの謝意を表し、妻と私に良くしてくださった方々を広く世間に知らしめたい気持ちが貫徹できないことを申し訳なく思っている。

本書では、妻とともに無我夢中で過ごした看病・介助・介護の数ヵ月をつぶさに振り返った。その間の自分の気持ちの変化だけでなく、妻の気持ちの変化をも辿ってみた。

書き進めるに従って、この数ヵ月の妻の思い、苦しさ、つらさ、もどかしさとともに、次々現れる「衰え」という名の「未知との遭遇」への驚きの連続を追体験することができ、多くの知見を得た。当時は見えなかったもの、見落としたものも数々見えてきた。

当時の私は、私自身の気持ちを日々奮い立たせることに精一杯になっていて、介護されている妻がどのような気持ちで日々を過ごしていたかには必ずしも充分には思い及んでいなかったように思う。

この数ヵ月を通して、妻の態度・仕草・表情の変化は一様でなく、刻々と変化していった。つるべ落としの秋の陽のように、あれよと思う間もなく妻の病状は進み、筋力が衰えていった。昨日食べられたものが、今日は喉を通らない。昨日はなんとか立ち上がれたのに、今日は自力では立てなくなっている……。

次々に襲う衰えの波状攻撃に、「こんなはずではなかったのに、この先どうなってしまうんだろう……」と、私が驚きと不安を感じた以上に、妻はさぞかし戸惑い、心が折れそうになっていたことだろう。そのような艱難辛苦に妻はよく耐え、よく頑張ったと思う。

病状がまだ浅く、なんとか会話ができていた二〇二〇年の三月頃には、妻は滑舌を気にしながら、

「どうしてこんなになっちゃったんだろう」

という言葉をくり返し口にしていた。どの医者に診せても原因がわからず、「どうして？」

と訊ねても、「年齢のせいでしょう」などと、期待はずれの得心のいかない見立て・所見が返ってきていた頃のことだ。

妻自身「どうして？」と訊ねながらも、さほど深刻な病気とは思っておらず、滑舌が悪くなった原因は、とにもかくにも長唄の稽古不足のせいだと思っていたようだ。

妻の長唄の師匠については本文でも触れたが、師匠に出会い、可愛がられて宅稽古（師匠の自宅で稽古をつけてもらうこと）に通い、やがて名取《なとり》（芸名）を許されるまでになった。その師匠が亡くなり、師匠の娘さんにお稽古が引き継がれても、妻は宅稽古に通い続けた。しかし、師匠が東京郊外の中央線沿線に転居されるに及んで、膝に故障を持つ妻は、さすがに横浜市から通い続ける自信を失い、三十年を超える長唄の稽古から遠ざかった。

「長年続けていた長唄をやめたからかしら」

「急に声を出さなくなったからかしら」

妻は不安がり、なんとかしなければと焦っているようだった。

私が「そうかも知れないね」と応えると、妻は「どこか近くに良い先生はいないかしら」と気にかけながらも、適当な先が見つからず、稽古の再開は一日延ばしになっていった。

その一方で、滑舌の異変は徐々に度を深め、構音障害へと進み、うまく話せなくなっていく。それでも、長唄のお稽古を再開すれば状態は改善する、という期待は変わらずに持っていたようだったが……、四月頃になると、それまでくり返し書いていた「どうしてこんなになっちゃったんだろう」という言葉を、もはや筆談ボードに書かなくなっていた。

その代わり、昔お世話になった病院名、医師名を書いて見せ、訴えるような眼差しで私を見るようになった。なんとか治りたい。どこか別の病院で手術してもらえば、もしかしたら治るかも知れない、何とかならないかしら、と奇跡に期待を抱くようになった。

妻の気持ちの変遷はこうだ。当初は、「よりによってなぜ自分が？」とか、「何も悪いことをしたわけではないのに」などと、被害者・犠牲者意識に囚われ、「なんでこんなになっちゃったんだろう」と、恨みがましい言葉も口にした。

やがて妻の気持ちは、「遠くに引っ越ししなければよかったのに」と、師匠が遠くに転居したことに原因を求める他罰的な気持ちに変わり、やがてそれも言わなくなって、稽古不足の自分を悔やむ自責的な気持ちに変わっていった。

そのあとは、その気持ちからも離れて、「なんとかして助かりたい」「何か助かる方法はないか」と、現状の打開策・解決策を求め、何か奇跡が起こらないかと藁をもすがる意識に変わったようだった。

私は二〇二〇年の日記にこう書いている。

四月十四日（火）　今日も十時半頃、妻が筆談ボードに「〇〇病院」「〇〇先生」「手術」と書いては、訴えるような眼差しで私を見る。なんとか現状から逃れたいという気持ちが痛いほど伝わってきて不憫でならない。

しかし、四月も末頃になると、妻は頼みの綱の筆談ボードやメモが書けなくなった。全身の筋肉が弛緩し、腕も指も思うようには動かなくなったのだ。

もうすっかり言葉が話せなくなった妻が、ついに字も書けなくなってしまった。それは、妻が自分の気持ちや意思を伝える術をすべて奪われてしまったことを意味する。

やがてすっかり愚痴をやめ、自分では身仕舞いができなくなり、他者の助けを要する状態になったことを受け入れ、奇跡を願う気持ちさえも手離して、万策尽き果てた気持ちで、周囲の人たちの優しさ、温かさを感じ、温かく懐かしい思い出に包まれながら、最期のときを迎えてくれたように思う。

四月中頃から妻は、じ～っと私を見つめることが多くなった。ベッドの上半身を高くして横臥している妻が、私の姿、動作を見続けているのだ。私が妻の視野の中にいるかぎり、妻は必ず私を見ていた。それに対して私も妻の視線に応えるように、くり返し微笑みを返した。

すでに頬も瞼も筋肉が弛緩してほとんど動きがないため、妻の表情から妻の心の中を読み取ることはもうできない。私が語りかけても微笑みかけても、ほとんどそれに応えることができなくなってしまった妻が、じ～っと私を見続けている。

何かを訴えているのか、親愛の情を送っているのか、絶望しているのか、諦観してすべてを受容しているのか……。妻が何を思っているのか、確証を得る術はない。

しかし私は、妻の気持ちをこう読み解いた。

「もう何もできなくなってしまいました。あなたのお世話になるしかありません。よろしくね。お願いね」

妻はそう思っているに違いない、と。

私は妻のお願いに応えて、

「大丈夫だよ。長い間、お世話になったね。〇〇（妻の名）と結婚して本当に良かったよ。ありがとう。とても楽しい六十四年間だったね。もう絶対に、病院にもどこにもやらないからね。僕はずっとそばにいるからね。精一杯、介護するからね。安心して任せておくれ」

と、そんな気持ちを声に出して何度も返していた。

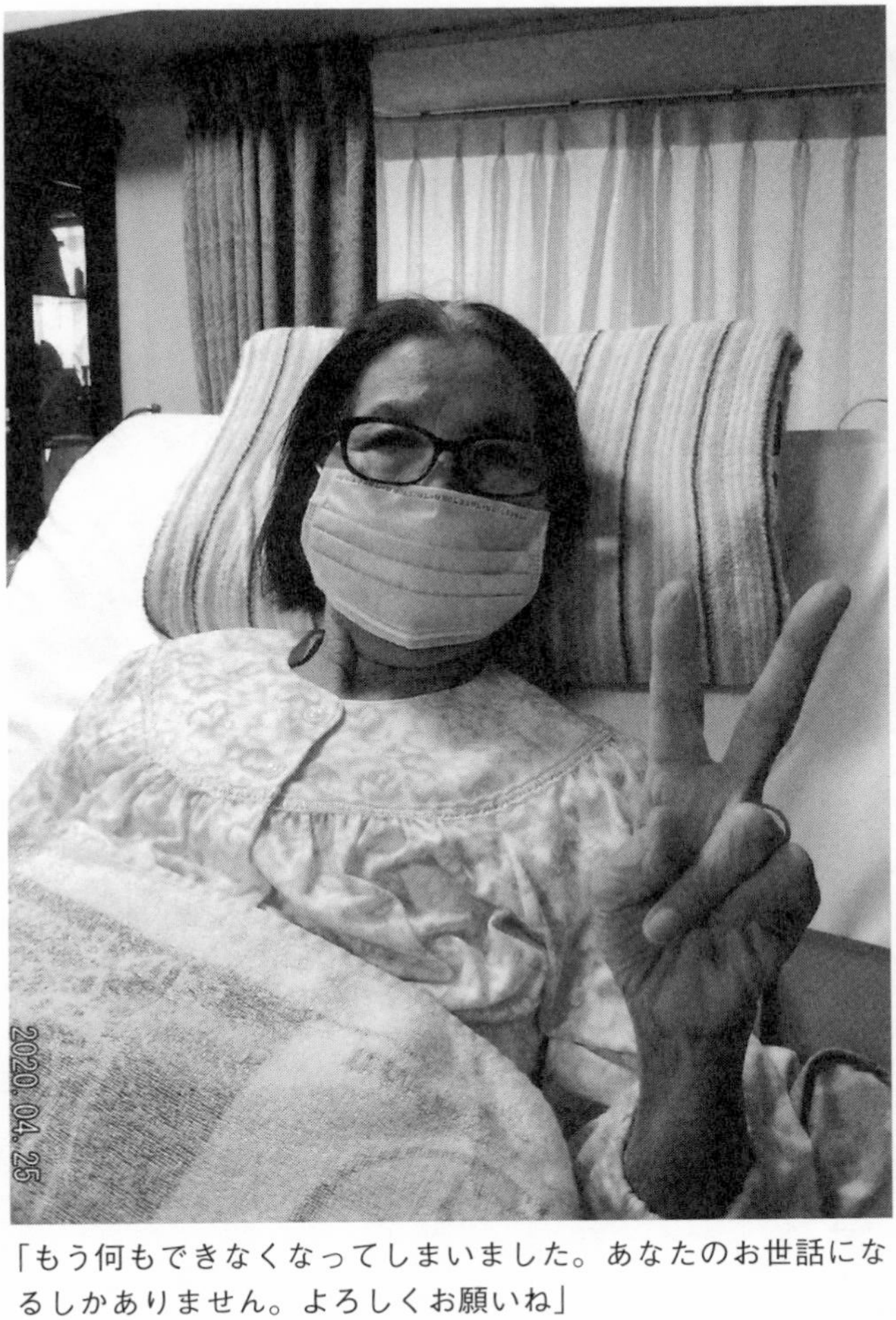

「もう何もできなくなってしまいました。あなたのお世話になるしかありません。よろしくお願いね」
（2020 年 4 月 25 日）

だが、私の語りかけに対して妻はそれに応える手立てを持たない。私の言葉を聞いても、表情で反応することもできず声を発することもできず、じ〜っと私を見続けているだけなのだ。

妻の血液型はA。誠実で、正直で、真面目で、万事きちんとしていた。

箱や引き出し、カセットテープなどには、内容を記したラベルを貼った。マヨネーズやシャンプーには、油性ペンで使用開始日を書き込んだ。

外出するときは必ず、電気やガスコンロのスイッチはもとより、ガスの元栓、換気扇、温水栓、テレビなど、一つ一つを、「いち、にい、さん、しい、ご――」と声を出して指呼確認した。一切、手抜きはしなかった。点け忘れ消し忘れは一度もなかった。

若いときは、年の瀬におせち料理をいくつもの大鍋にしっかり作っていた。そんな、明治・大正の躾を身につけた「昭和の女」だった。

血液型Aの妻にしてみると、昭和ヒトケタ生まれで血液型ABの私は、「いいかげん」で、「手抜き上手」で、「しょうがない夫」だったようだ。そんな私たちは、男は家を留守にして働き、女は家を守るといった「昭和の夫婦」だった。私は安心して、心おきなく家計を妻に任せることができた。

妻は「くり返し」に強かった。面倒くさがらず、飽きなかった。まれに見る持久力の持ち主だった。何事も根気よくコツコツと続けた。その最たるものが家計簿だ。妻が亡くなり、六十四年分の家計簿が残された——。

結婚したその日から、妻は家計簿をつけ始めた。と言っても、結婚した三月二十四日には、年末から売り出される家計簿はもう書店に置かれていなかった。そこでやむなく初年度だけは、文房具屋で金銭出納帳を買ってきて使った。

翌年からは「主婦と生活社」発行の横長の家計簿を愛用した。いつしか主婦と生活社の家計簿が姿を消し、「高橋書店」発行のB５サイズの「わたしのかけいぼ」に切り替わったが、亡くなる年も記帳を欠かさなかった。

結婚当初は、ご多分にもれず、私は安月給だった。まだ月給は銀行口座振込みでなく現金でもらう時代だった。給料袋の封を切らずに持ち帰ると、妻は夕食後に卓袱台の上で、月給全額を四つの封筒（普通の郵便封筒）に分けて入れた。

封筒にはそれぞれ「０」「１」「２」「３」と書いた。「０」の封筒には、電気代、水道代、新聞代などに支払うお金（今でいう公共料金）を入れた。そして残った現金を三等分し、それぞれ「１」「２」「３」の封筒に入れて生活費とした。

まず「1」の封筒から使い始める。十日までの分だ。その封筒が十日以前に空になれば使いすぎ、二十日までに「2」の封筒がなくなればやはり使いすぎだから、「3」の封筒を使うときは引き締めた。逆に、十日に「1」の封筒の中身が、二十日に「2」の封筒の中身が余れば、それだけ節約できていることになる（余ることは滅多になかったが）。

家計簿のメモ欄には、「Y残業」「Yに△千円」「Yと買物」などとメモを残している。Yとは私のことだ。妻自身のことはRと表記している。

家計簿の末尾のページには、差し上げた贈答品、いただいた贈答品が書かれている。当時は職場の上司に対し、盆暮れにお中元・お歳暮を贈る習わしがあった。さらには水道料金、電気料金などを、毎月の領収書から転記している。

妻がお産で入院したときだけ、家計簿は私の筆跡になっている。それ以外は、六十四年間、倦まず弛まず妻がせっせと記帳し続けた。

夕食が終わり、洗い物が済むと、妻は引き出しから家計簿とソロバンを持ち出し、ハンドバッグからその日のレシートを取り出して、レシート一枚ごとを記帳した。

記帳済みのレシートは丸めて捨てていたが、私が五十歳過ぎに講師活動をするようになってからは、「これ、確定申告に使えるでしょ」と、適当に選んで私にくれたりした。

妻が買った本も、私の「図書資料費」として経理された。

ときおり妻は、「こんなふうに記帳していて、何の役に立つんだろう……」と呟くことがあった。しかし呟くだけで、投げ出す気配は微塵もなく、依然として記帳を続けていた。長年間断なく続けてきた家計簿の記帳は、今回の病状が進むことによって、二〇二〇年三月二日（月）から飛び飛びになった。

通所リハHに行った三月二日と、C病院に入院していた三月九日（月）～十八日（水）の記帳がない。二十一日（土）と二十二日（日）の記帳もない。もう一人では外出できなくなった三月二十八日（土）に、「よみうり新聞（三月分）四一〇〇円」と記入したのを最後に、記帳は永久に途絶えてしまった。

昭和の専業主婦として、六十四年にわたって家事一切を取り仕切っていた妻も、病魔には勝てなかった。本当に長い間ご苦労さまでした。そして、ありがとうございました。

追記：葬儀後、気を取り直して、六月一日から私が家計簿の記帳を再開した。せめてこれくらいは妻の遺志を継ごうと心に決めたのだ。妻の薬指にあった指輪は今、私の小指にはまっている。

著者プロフィール

青木 羊耳（あおき ようじ）

本名　青木 良郎（あおき よしお）
1931年生まれ
1955年、東京大学卒（農業経済学専攻）
農林中央金庫に31年勤務
1986年、55歳で退職して講師活動をスタート
1996年、労働大臣認定中級産業カウンセラー試験に合格し、産業カウンセラー活動に入る
現在、一般社団法人 日本産業カウンセラー協会認定シニア産業カウンセラー、一般社団法人 中高年齢者雇用福祉協会認定上級生涯生活設計コンサルタント、PREP経営研究所研究主幹・主席講師、財団法人 健康生きがい開発財団登録健康生きがいづくりアドバイザー
後進の講師・産業カウンセラーの養成にあたるとともに、サラリーマンのライフプランやキャリア開発、心の健康管理をテーマに大手企業、官公庁などで講演・研修活動を行う
既刊書に『キャリコン・ハラスメント　安易な助言が自律を妨げる』（2019年　文芸社刊）他、多数。

妻を看取る　89歳の介護力

2021年5月7日　初版第1刷発行

著　者　青木 羊耳
発行者　瓜谷 綱延
発行所　株式会社文芸社
〒160-0022　東京都新宿区新宿1－10－1
電話　03-5369-3060（代表）
03-5369-2299（販売）

印刷所　株式会社フクイン

ISBN978-4-286-22555-5